kOrk
Elfenversteck
Tor zur Menschenwelt
Todessümpfe
Drachenfriedhof

Klaus-Peter Wolf
wurde in Gelsenkirchen geboren. Schon in der Schule schrieb er lieber unter der Bank Geschichten, statt sich am Unterricht zu beteiligen. Seine Bücher wurden vielfach ausgezeichnet, u. a. erhielt er den Erich-Kästner-Preis und den Anne-Frank-Preis.

Bettina Göschl
wurde 1967 in Bamberg geboren. Schon mit sieben Jahren wollte sie Sängerin werden und schreibt seit 1992 Lieder für Kinder.
Mit Klaus-Peter Wolf hat sie schon einige Kinderbücher veröffentlicht.

magische Abenteuer

Klaus-Peter Wolf
Bettina Göschl

Das Schloss des Zauberers

Mit Illustrationen
von Don-Oliver Matthies

Schneider Buch
EGMONT

Bibliografische Information Der Deutschen Bibliothek
Die Deutsche Bibliothek verzeichnet diese Publikation in der Deutschen Nationalbibliografie; detaillierte bibliografische Daten sind im Internet über http://dnb.ddb.de abrufbar.

Der Schneider Verlag im Internet:
www.schneiderbuch.de

Vertrieb durch Egmont vgs verlagsgesellschaft mbH, Köln
Titelbild und Innenillustrationen: Don-Oliver Matthies
Druck und Bindung: Westermann Druck Zwickau GmbH, Zwickau
ISBN 3-505-12061-8

04 05 / 8 7 6 5 4 3 2 1

Inhalt

Max Klaphecke

ist zehn und liebt Computerspiele über alles – aber nur, wenn er gewinnt! Auch im wirklichen Leben spielt Max gerne den Helden und hat immer einen coolen Spruch auf den Lippen. In der Schule ist er supergut, und über alberne Geschichten von Zauberern und Elfen kann er nur lachen. Bis er eines Tages selbst im Reich der Elfen landet und vom bösen Zauberer Kro gejagt wird ...

Mo

ist eine Elfe und die beste Freundin der Kinder, nachdem sie auch Max davon überzeugt hat, dass es sie wirklich gibt. Sie kann zaubern und hilft den Geschwistern im Kampf gegen den bösen Zauberer Kro, der das gesamte Elfenreich mit seiner schwarzen Magie beherrscht. Wenn es drauf ankommt, ist Mo immer zur Stelle.

Marie Klaphecke

ist Max' jüngere Schwester. Im Gegensatz zu ihrem Bruder schreibt sie ständig schlechte Noten, weil sie lieber vor sich hin träumt, als im Unterricht aufzupassen. Sie liebt Geschichten von Zauberern und Prinzessinnen, am liebsten wäre sie selbst eine Prinzessin. Manchmal verwechselt sie die Geschichten mit dem wirklichen Leben. Deshalb glaubt ihr Max auch erst kein Wort, als sie ihm erzählt, dass sie eine echte Elfe gesehen hat ...

Die Tricks des bösen Zauberers Kro

Max hatte sich noch nie so ohnmächtig gefühlt. In einer halben Stunde würde seine Oma dieses Monster Kro heiraten, und er musste tatenlos zusehen. Max wurde ganz schlecht, wenn er sah, wie verliebt seine Oma in diesen Herrn Meister war. Wie sollte er ihr klarmachen, dass der böse Zauberer Kro nur Herrn Meisters Körper benutzte, um an die Geschwister Marie und Max heranzukommen?

Herr Meister hatte für Max einen Anzug gekauft. Er sah aus wie der Hochzeitsanzug von Kro, nur eben ein paar Nummern kleiner. Max meckerte: „Ich zieh diesen doofen Anzug nicht an!"

Marie wühlte in ihrem Kleiderschrank. Auch sie wollte das Prinzessinnenkleid nicht tragen, das Herr Meister ihr gekauft hatte. Aber es half nichts, sie mussten die Sachen anziehen.

„Wir müssen das hier irgendwie durchziehen, Max!", sagte Marie.

„Durchziehen?", rief Max empört. „Unsere Oma heiratet gleich eine Bestie!"

Als hätte er nur auf das Wort Bestie gewartet, öffnete Herr Meister die Tür zu Maries Zimmer. Er trug zwei Gläser mit Milch in der Hand. „Max, du siehst zauberhaft aus!“, lächelte er. „So wie es sich für meinen Erben gehört!“ Dann reichte Herr Meister Max und Marie die Milch. „Hier, ihr seid doch bestimmt ganz aufgeregt, nicht wahr? Milch mit Honig beruhigt die Nerven.“

Max nahm das Glas, hielt es hoch und goss die Milch langsam, fast genüsslich über seinen Anzug. Er hoffte, Herrn Meister so sehr zu reizen, dass dieser die Nerven verlieren würde. Das Monster in ihm sollte zum Vorschein kommen.

Komm schon, Kro!, dachte Max. Greif mich an! Schlag mich oder mach sonst was mit mir! Meine Oma würde nie einen Typen heiraten, der mich zusammenschlägt. Max lächelte: „Oh, das tut mir aber Leid, Herr Meister! Der Anzug war bestimmt teuer.“

Herr Meister blieb ruhig und zog ein Stofftaschentuch aus seiner Hosentasche. „Das haben wir gleich, Max! Das kann doch jedem mal passieren!“

Angespannt beobachtete Marie das Geschehen. Mit der rechten Hand griff sie an ihren Hals zum Medaillon. Ungläubig sah Marie, wie die Milch in dem Taschentuch verschwand. Nach wenigen Sekunden sah Max’ Anzug aus wie neu. Marie begriff, dass Kros Zauberkräfte sich längst nicht mehr nur auf das Reich der Elfen beschränkten. Bisher konnten sich seine Kräfte in der Menschenwelt nicht voll entfalten. Doch je länger er im Körper von Herrn Meister steckte, desto mächtiger wurde er.

Marie drückte das Medaillon mit dem Foto ihrer Eltern an ihr Herz, und Tränen liefen über ihr Gesicht. Auf einmal kam es Marie so vor, als würde eine weiche, warme Stimme ganz leise aus der Ferne nach ihr rufen: „Marie! Marie!“ In den Worten lag etwas Flehendes. War das ihre Mutter? Genau so hörte es sich an.

„Marie!“, ertönte es wieder. „Marie, bist du schon angezogen? Oder träumst du wieder?“

Nein, das war nicht ihre Mama. So etwas hätte sie nie zu ihr gesagt. Das war Oma. Marie hatte solche Sehnsucht nach ihren Eltern, dass sie schon glaubte, ihre Stimmen zu hören.

Max baute sich vor Herrn Meister auf und grinste ihn an. Von dem ließ er sich nichts gefallen! Der Typ da sollte es schwer haben mit ihm! „Wollen Sie immer noch leugnen, ein Zauberer zu sein?“, fragte Max. Er riss sich die Jacke herunter und warf sie Herrn Meister vor die Füße. „Ich will einen ganz normalen Anzug, nicht so ein komisches magisches Zeug!“

„Aber Max“, erwiderte Herr Meister. „Das edle Stück ist nur gut imprägniert. Das ist bei meinem Anzug genauso!“

Max sprang auf und rannte in die Küche. Mit einer Flasche Tomatenketschup kam er zurück. „Das werden wir ja sehen!“, rief Max. Von oben bis unten bespritzte er sich mit der roten Soße. Der Ketschup lief an ihm herunter, und Max verrieb ihn ganz langsam auf seinen Hosenbeinen. Max grinste den Zauberer an.

Marie hatte Angst um ihren Bruder und bekam Bauchschmerzen. Sie wusste um die Macht von Kro. Vielleicht würde er Max gleich in ein Insekt verwandeln, um es dann zu zerquetschen. Aber das tat er nicht. Stattdessen ließ er geduldig die roten Flecken mit seinem Zaubertaschentuch von Max' Anzug verschwinden.

Herr Meister schüttelte missbilligend den Kopf. „Eure Oma hat es wirklich nicht leicht mit euch. Wollt ihr zwei ihr wirklich die Hochzeit verderben? Das soll doch der schönste Tag ihres Lebens werden."

Sofort bekam Marie Schuldgefühle. Irgendwie hatte er ja auch Recht. Was wäre aus uns nach dem Verschwinden unserer Eltern ohne Oma denn geworden?, dachte Marie. Oma Klaphecke hatte die Kinder zu sich genommen und sich liebevoll um sie gekümmert.

Max ließ sich nicht verwirren. „Wir wollen unserer Oma gar nix verderben! Wir wollen nur, dass du verschwindest und sie in Ruhe lässt."

Omas Stimme drang vom Flur zu ihnen: „Marie, Max, Kurt! Wo seid ihr denn alle?" Dann öffnete sie die Tür. Oma sah mindestens fünf Jahre jünger aus. Sie hatte sich für diesen besonderen Tag richtig hübsch gemacht. Elisabeth Klaphecke trug ein rosafarbenes, seidenes Kostüm, das mit zarten weißen Rosen bedruckt war. Sie sahen genauso aus wie die Rose, die Herr Meister im Knopfloch seines Anzugs trug. In der Hand hielt sie einen Brautstrauß mit roten Rosen.

Marie bemerkte, dass die Augen ihrer Oma leuchteten. Sie sah wirklich glücklich aus.

Kurt Meister gab Oma einen Kuss auf die Wange. „Du bist traumhaft schön, Elisabeth!"

Frau Klaphecke errötete leicht.

Marie hielt sich den Bauch. Ihr Frühstück von heute Morgen schien wieder hochzuwollen. „Ich kann nicht mit, Oma. Mir ist schlecht. Ich glaube, ich werde krank."

Besorgt legte Elisabeth Klaphecke ihre Hand auf Maries Stirn. „Aber Kind. Ausgerechnet heute! Das ist bestimmt nur die Aufregung."

Marie hielt es nicht mehr aus. Die unglaubliche Sehnsucht nach ihren Eltern überwältigte sie. „Ich will zu Mama und Papa!", schluchzte sie.

Frau Klaphecke nahm Marie liebevoll in ihre Arme. „Ach, meine kleine Prinzessin. Ich weiß, wie schwer das für euch ist. Aber du weißt doch, dass deine Eltern tot sind."

Marie riss sich los: „Nein, das sind sie nicht! Sie leben. Das weiß ich genau! Du lügst!" Marie zog das alte Elfenbuch aus ihrem Regal und hielt es ihrer Oma unter die Nase. „Hier! Im Elfenbuch steht alles geschrieben. Auch das, was wir gerade hier erleben. Das Buch schreibt sich selbst. Aber du glaubst uns kein Wort!"

Max trat Herrn Meister vors Schienbein. „Das ist alles deine Schuld! Wenn unsere Eltern tot sind, wo sind dann bitte schön ihre Leichen, hä?“

Marie wollte nach draußen in den Garten laufen, doch Herr Meister versperrte ihr den Weg. Sie flüchtete sich auf den Dachboden und verriegelte die Holztür. Zunächst überfiel Marie eine tiefe Trauer. Aber dann trat sie wütend mit ihrem Fuß gegen einen Stapel alter Kisten. Ein Karton kippte um, und Zeitungspapier fiel zu Boden. Vor ihren Füßen landete eine alte Illustrierte. Auf dem Titelblatt las Marie:

ARCHÄOLOGENPAAR AUF MYSTERIÖSE WEISE BEI AUSGRABUNGEN VERSCHWUNDEN.

Wie gelähmt starrte Marie auf das Foto. Es zeigte eine Ausgrabungsstätte mit einem Steinkreis. In der Mitte befand sich ein behauener Felsbrocken. Er sah aus wie ein Monster, das sein Maul weit aufriss. Der Felsbrocken erinnerte Marie an den Eingang zur Geisterbahn, durch den sie zum ersten Mal ins Elfenreich gelangt waren. Marie war so in Gedanken versunken, dass sie das heftige Klopfen an der Holztür zunächst nicht wahrnahm.

„Marie, mach die Tür auf!“, rief Max von draußen. „Lass mich rein! Wenn du nicht zur Hochzeit gehst, dann geh ich auch nicht!“

Wie in Zeitlupe ging Marie auf die Tür zu. Ihre Knochen kamen ihr bleischwer vor. Mühsam schob sie den Riegel zur Seite.

Max stürmte auf den Dachboden und schloss die Tür hinter sich. Die Rufe von Oma und Herrn Meister hörten sie schon nicht mehr.

Marie deutete auf das Titelbild der Zeitschrift: „Guck mal, Max. Das Foto. Der Stein sieht aus wie …“

„… der Eingang der Geisterbahn und wie das Drachentor!“, fuhr Max verblüfft fort. Er setzte sich auf den Boden und blätterte in der Zeitschrift.

„Und wie die Knöpfe auf der Jacke vom Direktor der Geisterbahn“, ergänzte Marie.

„Ich glaub, mich tritt ein Pferd!“, stieß Max hervor. „Warum hat Oma uns das nie gezeigt?“

„Wahrscheinlich wollte uns Oma damit nicht noch mehr belasten“, erklärte Marie. „Sie dachte bestimmt, dass wir den Verlust unserer Eltern sonst nie verarbeiten.“

„Weißt du, was das heißt, Marie?“, fragte Max und wischte den Staub vom Titelbild.

Marie war aufgewühlt. Hektisch nickte sie. „Klar. Unsere Eltern haben auf der Suche nach magischen Kraftorten den Zugang zum Reich der Elfen gefunden. Sie waren bestimmt drüben, genau wie wir.“

Ein Schauer lief Max über den Rücken. „Und ich wette, sie sitzen heute noch da fest. Deshalb hat niemand ihre Leichen gefunden.“

Marie blickte ihren Bruder mit großen Augen an. „Meinst du auch, dass sie noch leben?“

Max zuckte mit den Schultern. „Keine Ahnung, Marie. Aber wir müssen es herausfinden. Wann, wenn nicht jetzt? Wer, wenn nicht wir? Mir müssen wieder ins Reich der Elfen."

„Mo. Wir brauchen dazu die Elfe Mo", sagte Marie aufgeregt.

Draußen polterte Herr Meister. „Macht ihr nun die Tür auf oder soll ich sie eintreten? Das könnt ihr doch eurer Oma nicht antun!"

„Mo, wo bist du?", rief Marie. „Wir brauchen deine Hilfe. Mo, bitte lass uns jetzt nicht im Stich!"

Obwohl das Dachfenster geschlossen war, spürten die Geschwister einen zarten Lufthauch. Eine dunkle Ecke erhellte sich. Mos Elfenstaub fiel glitzernd zu Boden. Jedes Staubkorn leuchtete wie ein kleiner Stern am Himmel.

Inzwischen versuchte Herr Meister die Tür aufzubrechen. Die Elfe Mo warf ihren goldenen Staub gegen das Schloss. Marie und Max hörten Omas Stimme: „Warum kriegst du denn die Tür nicht auf, Kurt?"

„Ich verstehe das nicht!", antwortete Herr Meister. „Es ist, als wäre sie aus Stahl."

Mo sah die beiden Kinder eindringlich an. „Ich weiß, was ihr vorhabt. Aber euch ist klar, wie gefährlich das ist, oder? Es gibt nur zwei Möglichkeiten: Entweder ihr besiegt Kro oder es ist alles verloren. Eine Zwischenlösung gibt es nicht!"

Marie schluckte und griff nach ihrem Medaillon. Die Liebe, die sie zu ihren Eltern spürte, tat ihr fast weh.

Marie und Max sahen sich an und nickten. „Es ist die letzte und einzige Chance, die wir noch haben“, flüsterte Marie. „Auf dieser Welt sind unsere Eltern auf jeden Fall nicht. Das spüre ich genau!“

„Das alles könnte natürlich auch eine Falle von Kro sein“, gab Mo zu bedenken.

„Du meinst, dass er die Zeitschrift absichtlich hierhin gelegt hat, um uns wieder in sein Reich zu locken?“, fragte Max.

„Ich bin mir nicht sicher. Wie du weißt, kennt er viele Tricks“, antwortete Mo. „Kro erscheint in tausend Verkleidungen und in den unterschiedlichsten Gestalten. Ihr habt keinen fairen Gegner! Der hält sich nicht an Spielregeln.“

„Trotzdem!“, erwiderte Max. „Wir müssen es riskieren.“ Max' Entschlossenheit, Kro das Handwerk zu legen, wuchs von Sekunde zu Sekunde. Er hatte nicht die geringste Ahnung, wie sie das anstellen sollten, aber er wollte es dennoch versuchen.

Mo zog mit ihrem Elfenstaub einen goldenen Ring um die beiden Kinder. Marie erinnerte sich, dass die Elfe das schon einmal getan hatte. Bei dem Gedanken daran fröstelte Marie. Sie waren damals ins Elfenversteck geflüchtet, doch Kro war ihnen gefolgt. Im letzten Augenblick konnten Marie und Max mit Hilfe des goldenen Ringes aus Elfenstaub in die Menschenwelt zurückkehren. Es war heute das erste Mal, dass Marie und Max sich freiwillig in Kros Machtbereich begaben.

„Und jetzt schließt die Augen!“, bat Mo.

„Einen Augenblick!“, rief Max. Er griff nach der Zeitschrift mit dem Artikel über seine Eltern, rollte sie fest zusammen und steckte sie wie einen Knüppel in seinen Hosengürtel.

„Ihr kommt genauso in das Reich der Elfen, wie ihr herausgekommen seid“, erklärte Mo. „Denkt an etwas, das ihr von ganzem Herzen liebt. Dann haltet die Luft an, bis ihr nicht mehr könnt.“

Marie wurde schwindelig. Sie sah den Elfenstaub vor sich tanzen, obwohl sie die Augen ganz fest geschlossen hielt. Es summte in ihren Ohren. Alles um sie herum begann zu trudeln.

Herr Meister warf sich mit aller Kraft gegen die Holztür. Dann krachte es. Fluchend stürzte er auf den staubigen Dachboden. Er sah sich mit glühenden Augen um. Die Kinder waren nicht mehr da. Nur ein bisschen Elfenstaub glitzerte am Boden und ließ ihn ahnen, was geschehen war.

Das Sandmonster greift an

Marie riss den Mund auf und schnappte nach Luft, als ob sie im Schwimmbad eine ganze Länge getaucht wäre. Doch was sie in den Mund sog, war keine Luft, sondern trockener, körniger Sand. Angewidert schloss sie den Mund. Sofort hatte sie die Körner auch in der Nase. Sie hielt sich die Hände schützend vors Gesicht und versuchte durch die Finger etwas zu erspähen. Max war nirgendwo zu sehen. Marie befand sich in einem Sandsturm. Sie ließ sich auf den Boden fallen und rollte sich zusammen. Die Sandkörner piksten wie spitze Nadeln auf der Haut. Der Sand drang auch durch die Kleidung, das Prinzessinnenkleid schützte sie nicht.

Marie wollte nach Max und nach der Elfe Mo rufen, aber sie bekam keinen Laut heraus. Sie spuckte Sand aus und würgte, aber ihr Hals war ganz trocken. Der Wind heulte wie tausend Flugzeugmotoren. Er blies solch gewaltige Sandmengen heran, dass Marie befürchten musste, schon bald unter ihnen begraben zu werden.

Marie begann sich mit aller Kraft freizustrampeln. Doch sie hatte das Gefühl, dabei immer tiefer im Sand zu versinken. Ihre Füße fanden keinen Halt, da der Boden unter ihr nicht fest war. Es kam ihr so vor, als würde sie in dickflüssigem Wasser schweben, nur dass dies hier kein Wasser war, sondern feiner Sand. Um nicht darin zu versinken, machte sie Schwimmbewegungen. Das Schwimmen im Sand war viel schwerer als im Wasser und kostete Marie unendlich viel Kraft. Im Hallenbad war Marie eine der besten Schwimmerinnen, aber im Sandsturm hatte sie keine Chance.

Plötzlich zerrte etwas an Maries Haaren. Marie dachte, dass sich ein Tier darin verfangen hatte, und griff danach. Sie bekam etwas Weiches, Zappeliges zu fassen. Es klammerte sich in ihren Haaren fest und flatterte mit den Flügeln. Es war Mo. Die scharfen Sandkörner zerschossen ihre Flügel.

Marie hätte Mo gerne beruhigt und ihr gesagt: „Hab keine Angst, Mo, wir schaffen das schon!“ Aber erstens konnte sie in diesem Sandsturm nicht reden, und zweitens war sie sich da gar nicht so sicher. Marie schob die kleine Elfe unter ihre Kleidung, und kurz darauf streichelten Mos winzige Finger Maries Bauch. Es war angenehm, Mo auf der Haut zu spüren. So fühlte Marie sich wenigstens nicht mehr so allein. Aber wo war Max?

Marie durfte sich nicht lange an einer Stelle aufhalten. Wenn sie nur eine Sekunde ruhig stand, gab der Sand unter ihren Füßen nach, und sie sank ein. Der Sandsturm tobte noch immer, und die Sandkörner waren so dicht, dass Marie ihre Hand nicht sehen konnte, wenn sie ihren Arm ausstreckte.

Auf einmal ließ der Sturm nach, und der Himmel wurde wolkenlos blau. Marie schaute sich um. Sie befand sich in einer Art riesigem Trichter aus Sand. Sofort versuchte Marie aus ihm herauszuklettern. Doch vor ihr türmte sich der Sand noch gut drei Meter hoch auf, und unter ihr war er auf eine merkwürdige Art in Bewegung – als ob sich darunter etwas befinden würde. Etwas, das tief unten im Sand war. Etwas, das lebendig war. Es war unter ihr, und es versuchte nach oben zu kommen.

Marie sank fast bis zur Hüfte in den Sand ein. Für eine Sekunde streifte etwas ihr Bein. Das war kein Sand. Es war etwas Borstiges.

Mo spürte die Gefahr. „Wir müssen hier weg, Marie! Ganz schnell!“, rief sie.

Marie wollte Mo fragen, was los war, doch sie hörte sich selbst nur „Maaax!“ schreien.

Da war er auch schon. Max stand am oberen Rand des Kraters. Seine Haarfarbe war unkenntlich geworden. Er hatte einen Klumpen Sand auf dem Kopf. Sein Hochzeitsanzug sah aus, als käme er direkt von der Müllhalde – dort, wo die Ratten gerne hinpinkeln.

Um nicht selbst vom Sand nach unten gezogen zu werden, legte sich Max flach auf den Boden und streckte dann seine Hand zu seiner Schwester aus. Doch Marie bekam sie nicht zu fassen. Es fehlten mindestens zwanzig Zentimeter.

Max robbte weiter vor. Da sah er, wie sich etwas aus

der tiefsten Stelle des Trichters nach oben wühlte. Es waren Fangarme. Sie sahen aus wie lange, haarige Schlangen. Oben an den Spitzen hatten sie Hechelzähne. Sie bissen wie zur Übung in die Luft und stießen dabei Zischlaute aus. Sie mussten unsichtbare Augen haben, oder sie orientierten sich nach der Witterung. Die Fangarme schlängelten sich zielstrebig in Maries Richtung.

„Meine Hand, schnell!", kreischte Max. Er konnte sich nicht weiter in den Trichter lehnen, ohne selbst hinabzurutschen.

Die Elfe Mo kroch unter Maries Kleid hervor. „Das Sandmonster greift an!", schrie sie. „Es hat schon viele Elfen in die Tiefe gezogen!"

Max griff nach der Zeitschrift mit dem Artikel über seine Eltern. Sie steckte noch immer zusammengerollt in seinem Hosengürtel. Er hielt sie Marie hin wie einen rettenden Ast.

Mo flatterte direkt vor den Fangarmen herum und verstreute Elfenstaub. Das Sandmonster musste davon niesen. Nicht nur jeder einzelne Arm zuckte dabei zusammen, sondern in der Tiefe wurde das ganze Monster von Krämpfen geschüttelt. Sandwolken stiegen aus der Mitte auf, und unter Marie machte es laut „Haaatschi!".

Marie packte mit einer Hand das Ende der Zeitschrift. Max begann sie zu sich hochzuziehen. Plötzlich schnappte ein Maul nach Mo. Die scharfen, nach hinten gerichteten Zähne erwischten Mos Kleid. Im gleichen Moment näherten sich zwei weitere Fangarme Maries Beinen. Marie strampelte und klammerte sich an der Zeitschrift fest. Geschafft! Sie hatte den oberen Rand des Trichters erreicht. Max schloss seine Schwester in die Arme.

Aber hinter ihr reckten sich riesige Fangarme zischelnd in die Höhe. Sie waren viel länger, als Max vermutet hatte. „Hau ab, du blödes Sandmonster! Oder ich beiß dich in Stücke!", schrie Max und zeigte sein Gebiss, als sei es eine gefährliche Waffe, mit der er täglich Sandmonster verspeiste.

Wahrscheinlich verstand das Ungeheuer seine Worte nicht, aber es horchte doch auf. Vielleicht war es der angriffslustige Ton, der ihm Sorgen machte. Irritiert wackelten die Arme vor Max und Marie in der Luft.

„Weiter Max!", ermunterte Marie ihren Bruder. „Du machst dem Monster Angst."

Zum Glück wusste es nicht, dass Max sich fast in die Hosen machte, als er rief: „Im Ernst, Sandi, deine leckeren Fangarme würde ich zu gerne auf den Grill werfen. In einer cremigen Knoblauch-Sahne-Soße schmecken sie bestimmt klasse. Oder meinst du, man sollte einfach Ketschup darüber gießen?"

Mo, an deren Kleid sich noch immer ein Fangarm festgebissen hatte, wurde langsam nach unten gezogen. Die zwei Arme vor Max und Marie öffneten jetzt die Mäuler um zuzubeißen.

„Ja, komm nur, du süßer kleiner Sandwurm!“, fuhr Max fort. „Dein Anblick lässt mir das Wasser im Mund zusammenlaufen. Ich glaube, ich werde dich gar nicht grillen. Ich esse dich gleich hier. Roh.“

Das Sandmonster war es einfach nicht gewohnt, dass jemand mit ihm redete. Was immer ihm in den Weg kam, aß es gleich auf. Nie hatte jemand eine Unterhaltung mit ihm geführt. Scheinbar war es ein recht einsames Ungeheuer. So einsam, dass seine Fangarme Selbstgespräche führten und sich manchmal miteinander stritten, als seien sie verschiedene Wesen.

„Habt ihr denn keine Angst vor mir?“, fragte der Arm, der Marie und Max besonders nah war.

Beide schüttelten den Kopf, und Max log: „Angst? Wer hat denn Angst, wenn er vor einem saftigen Braten steht? Wir haben keine Angst. Wir haben Hunger.“

„Echt?“

„Na klar. Was glaubst du denn, warum wir gekommen sind? In unserer Welt sind Sandmonster eine seltene Köstlichkeit. Fisch. Huhn – das alles gibt es bei uns an jeder Ecke. Aber Sandmonster …“

Mo versuchte ihr Kleid auszuziehen und wegzuflattern, aber es funktionierte nicht. Sie saß fest und hatte schon all ihren Elfenstaub verstreut. Auf einmal öffnete der Fangarm vor Mo sein Maul. Sie war frei. Mit wenigen Flügelschlägen brachte sie sich in Sicherheit.

Wütend sauste der Fangarm an ihr vorbei nach oben zu den anderen. Mo schien ihm auf einmal völlig egal geworden zu sein. Kaum war er oben bei den anderen angekommen, schimpfte er los: „Seid ihr völlig bescheuert geworden? Ihr lasst euch doch wohl nicht von dem kleinen Mistkerl einwickeln? Der ist Futter für uns, weiter nichts.“

„Finde ich gar nicht. Man kann sich gut mit ihm unterhalten.“

„Ja, genau. Er hat schon mal Hühner gegessen und ich noch nie. Er versteht was vom Leben. Wir sitzen ja immer nur im Sand auf der Lauer. Da erlebt man doch nichts. Man verblödet hier richtig.“

Endlich kam Mo bei ihren Freunden an. Sie setzte sich auf Maries Schulter.

„Wir müssen jetzt leider gehen“, sagte Marie zu den Fangarmen. „Wir wären gerne noch geblieben, aber wir suchen unsere Eltern.“

„Eltern?“, fragte der eine Fangarm den anderen. „Haben wir auch so etwas?“

„Keine Ahnung. Gegessen habe ich so etwas jedenfalls noch nie. Hier gibt es meistens nur Wühlmäuse, Sandvipern oder manchmal ein Kamel.“

„Wir wollen unsere Eltern nicht essen. Wir lieben sie. Wir glauben, dass sie hier irgendwo vom bösen Zauberer Kro gefangen gehalten werden“, sagte Marie mit zitternder Stimme. Sie musste sofort mit den Tränen kämpfen. Es fiel ihr immer noch schwer, über das Verschwinden der Eltern zu reden. Komischerweise fürchtete sie sich vor dem Sandmonster überhaupt nicht mehr, obwohl sie seine ganze Gestalt noch gar nicht gesehen hatte. Sie kannte bis jetzt nur die Fangarme.

Die Fangarme schienen ihre Angriffslust verloren zu haben. Sie wirkten ganz weich, sogar liebebedürftig.

Max spürte das auch. „Vielleicht sollten wir euch lieber nicht essen, sondern Kuscheltiere aus euch machen", überlegte er laut.

Marie hielt das Medaillon hoch. „Das sind unsere Eltern. Kennt ihr sie vielleicht?"

Für einen Moment befürchtete Max, die Fangarme könnten sich daran erinnern, wie ihre Eltern geschmeckt hatten. Aber er konnte seine Gedanken nicht aussprechen, weil er plötzlich einen Kloß im Hals hatte.

„Nein, ich kenne sie nicht."

„Ich auch nicht", sagte der andere Arm. „Aber die Frau sieht wunderschön aus. Wie ein Engel."

Unter Marie und Max bewegte sich wieder der Sand. Diesmal noch viel heftiger, wie ein Schütteln, das aus dem Inneren der Erde kam. Das Sandmonster erhob sich aus seinem finsteren Versteck. Es war so groß wie ein Zweifamilienhaus und bestand aus einem einzigen gigantischen Maul, aus dem unzählige bissige Arme ragten.

Etwas Hässlicheres hatten die Geschwister noch nie gesehen. Außerdem war der Gestank, den es verbreitete, unbeschreiblich. Aus einem Auge, das so groß und schmutzig wie ein altes Schaufenster war, starrte es auf die drei Freunde und dann auf das Foto.

„Das ist die Elfenprinzessin Jana. Ich habe sie vor vielen Jahren einmal gesehen. Damals war ich selbst ein Wesen der Lüfte. Ein echter Storch. Kro hat mich zu dem gemacht, was ich jetzt bin. Nie mehr kann ich in die Lüfte aufsteigen, da er mich zu einem Leben unter der Erde verdammt hat. Wenn ihr eure Eltern sucht, dann gibt es nur einen Ort, an dem ihr sie finden könnt." Danach hüllte sich das Sandmonster in Schweigen und hustete nur ein paar Sandbrocken aus.

„Wo?", rief Marie. „Wo sind unsere Eltern?"

„Nun, ich denke, er wird sie in sein Eisschloss gebracht haben. Das ist der sicherste Ort, denn es gibt keinen Weg hinein und keinen Weg heraus. Das Schloss schwebt in der Luft, und die blauen Flammen töten jeden, der sich nähert."

„Ich weiß", sagte Max. „Es ist ein kaltes Feuer. Wer es berührt, gefriert zu Eis."

„Haben wir gar keine Chance?", fragte Marie leise und schaute das Sandmonster flehend an.

Das Sandmonster schüttelte sich. Mit dem Sand, der dabei von ihm herunterrieselte, hätte man einen Lastwagen füllen können. „Ins Schloss kommt nur, wer von Kro persönlich eingeladen wird. Seid froh, dass ihr noch lebt. Am besten, ihr verschwindet von hier. Und zwar so schnell wie möglich", riet es und wühlte sich wieder in den Sand.

Auch die Fangarme verschwanden. Bis auf einen, der sich nicht trennen konnte: „Bleibt doch noch ein bisschen. Es ist so schön mit euch. Hier kommt so selten jemand vorbei, mit dem man reden kann."

Die Elfe Mo mischte sich mit trockener Stimme ein: „Wenn es den auserwählten Kindern gelingt, das Elfenreich zu erlösen, dann wirst auch du kein Monster mehr sein, sondern wieder zu einem Storch werden."

„Dann passt gut auf euch auf!", rief der Fangarm und blickte traurig hinter Marie und Max her.

Sie gingen zum Mittelpunkt der Insel. Dort, nicht weit von den Todessümpfen, hatten sie das Eisschloss zum letzten Mal gesehen. Zwischen Max und Marie schwebte die Elfe Mo und klopfte sich den Sand aus den Flügeln.

Wenn dich der Mut mal verlässt …

Die dunkle Sonne spendete nur fahles Licht. In der Menschenwelt scheint selbst der Mond heller als hier die Sonne, dachte Marie. Sie gingen seit Stunden durch eine ausgetrocknete Kraterlandschaft. Seit ihrem ersten Besuch im Elfenreich hatte sich hier nichts zum Guten verändert. Es gab fast kein Leben. Marie erinnerte sich an ihre erste Begegnung mit dieser Düsternis. Damals hatte der Zauberer Kro Marie und Max über eine Geisterbahn in sein Reich gelockt.

An den Felsen hingen immer noch abgestorbene Disteln. Wie verdorrte Finger, die sich aus einem Grab nach oben recken, ragten blattlose Büsche aus der staubigen Erde. Nur ein paar winzige Flecken Moos überlebten auf den Steinen.

Max fror in seinem dünnen und unbequemen Hochzeitsanzug. Marie blieb mit ihrem Prinzessinnenkleid ständig an den Büschen hängen. Es war, als würden die Äste nach ihr greifen.

Die Geschwister hatten Hunger und Durst, aber sie verloren kein Wort darüber. Max musste immer wieder an das Hochzeitsessen denken. Zu gern hätte er jetzt etwas von der Leberknödelsuppe gehabt. Nach der Vorsuppe sollte es Rehbraten mit Rotkohl und Kartoffelklößen geben. Max konnte die Soße auf der Zunge schmecken und schmatzte leise.

Mo bemühte sich, neuen Elfenstaub zu entwickeln. An ihren Flügeln entstanden schon die ersten leuchtenden Punkte.

Marie zeigte auf eine riesige Wurzel. Sie erinnerte sie an Omas Weihnachtskrippe. Dort standen Maria, Josef, das Jesuskind sowie ein Esel und ein Ochse unter einer Wurzel. In der Adventszeit hatte Marie ihrer Oma geholfen, die Wurzel mit Stroh und Moos auszukleiden. Bei dem Gedanken an die Geborgenheit von Omas Wohnzimmer wurde Marie ganz traurig.

„Lasst uns hier übernachten!“, schlug Marie vor.

„Hier? Bist du verrückt?“, fuhr Max sie an.

„Ich kann nicht mehr“, gab Marie zu. Sie war traurig und erschöpft.

„Du willst doch nicht etwa hier draußen schlafen, Marie?!“, rief Max.

Marie wurde wütend. Mit seiner Besserwisserei ging ihr Max gewaltig auf die Nerven. „Nein, Max, wie kommst du denn darauf?“, fauchte sie. „Ich habe uns in dem Hotel da drüben ein Zimmer reservieren lassen!“

Max sah sich tatsächlich um. „Wo?“

„Na, da hinten“, spottete Marie. „Direkt neben dem Mc Donalds.“

Mo lenkte ein. „Uns wird gar nichts anderes übrig bleiben, als hier zu übernachten. Vielleicht können wir ein kleines Feuer machen. Es wird kalt werden in der Nacht, und wir haben keine Decken."

Max hustete. „Können wir nicht nach Hause und morgen wiederkommen? Ich meine, das Elfenreich läuft uns doch nicht weg."

Mo schüttelte den Kopf. „Für einen magischen Ring habe ich noch nicht genug Elfenstaub. Außerdem ist hier weit und breit kein Übergang zwischen den Welten. Der nächste müsste auf dem Drachenfriedhof sein. Oder wir müssen in die Sandwüste zurück."

Nachdenklich kratzte Max sich ein paar Sandkörner vom Hals. „Heißt das, wir sitzen hier fest?"

„Ja", sagte Mo. „Das ist eine ziemlich treffende Beschreibung."

Marie sammelte Äste, Laub und Moos, um sich ein Nachtlager zu bauen. Unter der großen Wurzel fand sie Haare und Büschel von einem dichten Fell. Hier musste manchmal ein Tier hausen.

Max konnte sich mit der Situation einfach nicht abfinden. „Ich muss wenigstens was essen", jammerte er. „Ich habe Durst. Mir knirscht immer noch der Sand zwischen den Zähnen."

Mo flatterte über einem vertrockneten Busch hin und her. Drei kleine Körnchen Elfenstaub rieselten wie Sternschnuppen darauf herab. Sofort begann der Strauch zu blühen. Saftige grüne Blätter wucherten aus den Zweigen. Es wuchsen Himbeeren, groß wie Kokosnüsse.

Max staunte. Unter dem Busch lagen ein paar kleine Tierknochen. Max bückte sich danach und hielt Mo die Knochen entgegen. „Das war ja schon ganz toll, Mo. Aber kannst du nicht aus diesen Knochen ein halbes Hähnchen machen? Das wäre mir lieber."

„Ein halbes Hähnchen nicht", erwiderte Mo. „Aber wenn du auf gebratene Ratte stehst, kein Problem."

Max ließ die Knochen fallen. „Iihh!"

Marie kostete von einer Riesenhimbeere. Wenn sie die Augen schloss, schmeckte die Frucht nach dem, was sie am meisten liebte: Milchreis mit Apfelmus. Als Max dagegen eine Himbeere kostete, glaubte er das Gulasch seiner Oma zu essen.

„So war einst unser Elfenreich", erklärte Mo stolz. „Es war alles im Überfluss vorhanden, und jeder bekam das, was er brauchte."

Es muss eine Art Paradies gewesen sein, dachte Marie. Sie schloss die Augen und genoss die süße Frucht, die nach Träumen schmeckte. Sie nahm einen fernen Geruch nach Mandelplätzchen wahr, den sie nur zu gut aus der Küche ihrer Oma kannte. Als Marie die Augen wieder öffnete, sah die Landschaft für sie so aus wie früher. Wie damals, als alles noch in Ordnung war und ein weiser Zauberer das Land mit Milde und Wohlwollen regiert hatte. Marie sah nicht nur die prächtigen Büsche und Bäume, deren Äste sich nach unten bogen, weil sie voller schwerer Früchte hingen. Nein, sie konnte auch das laute Summen und Schnattern der bunten Elfen hören.

Der Himmel war tiefblau und voller Vögel und Schmetterlinge. Direkt neben ihr entsprang aus dem Felsen ein Bach mit herrlich frischem Wasser, in dem kleine Fische glitzerten. Warme Sonnenstrahlen streichelten Maries Haut. Aber es dauerte nur einen Wimpernschlag, und dann war alles wieder wie vorher. Grau, düster und trostlos.

Mo bemerkte Maries Erschrecken.

„Was war das, Mo?“, fragte Marie. „Habe ich gerade in die Vergangenheit gesehen, oder ist das wirklich passiert?“

Marie musste nicht mehr erklären. Mo verstand sie. Vor Freude stieß Mo Piepstöne aus. „Die auserwählten Kinder sind hellsichtig“, sagte sie.

Max hörte nicht zu. Er aß mit beiden Händen Riesenhimbeeren.

„Hellsichtig? Was meinst du damit, Mo?“, wollte Marie wissen.

„In Zeiten größter Not und Finsternis können sie manchmal das Licht sehen! Den Ausweg! Die Zukunft!“, lachte Mo.

Max hielt eine Riesenhimbeere hoch und schmatzte: „Wenn wir die Dinger mit ins Menschenreich nehmen und da auf dem Markt verkaufen, dann sind wir bald Millionäre.“

Mo lächelte. „Wenn ihr hier lebt, braucht ihr keine Millionen.“

Max sprach mit vollem Mund weiter. „Stimmt. Wo soll man hier was ausgeben? Aber ein Schlafsack wäre nicht schlecht. Die Steine sind verdammt kalt und hart.“

Marie spürte ihre Füße kaum noch. Die Kälte kroch vom Boden hoch und machte die Gelenke taub. Schützend umhüllte Marie ihr Medaillon mit dem Foto ihrer Eltern. Wieder war ihr, als würde sie die Stimme ihrer Mutter hören. „Marie! Marie!“, klang es aus der Ferne.

Marie erinnerte sich plötzlich daran, wie ihre Mutter ihnen Geschichten erzählt hatte. Bis vor kurzem konnte sie sich kaum daran erinnern. Alles war wie weggeblasen. Aber jetzt hatte sie es ganz klar vor sich. Die Mutter hatte ihnen auch jedes Mal, wenn sie Angst hatten oder traurig waren, ein Lied vorgesungen. Die Melodie klang in Maries Ohren. Sie hatte schon so lange nicht mehr daran gedacht, dass sie die Melodie fast vergessen hatte. Ein warmes Gefühl strömte durch Maries Herz, und Tränen liefen über ihre Wangen. Die Erinnerung an das alte Lied ihrer Mutter, das ihr immer Mut gemacht hatte, half ihr in diesem Moment über die Angst hinweg:

Wenn dich der Mut mal verlässt
und dir geht's ganz furchtbar schlecht,
nehm ich dich gleich in den Arm,
drück dich fest, dann wird's dir warm.
Und wenn du traurig bist, dann

fängst du zu weinen gleich an,
kannst weinen, so wie du willst,
ob ganz laut oder ganz still.

Wenn dich der Mut mal verlässt
und dir geht's ganz furchtbar schlecht,
nehm ich dich gleich in den Arm,
drück dich fest, dann wird's dir warm.

Aneinander gekuschelt schliefen Marie und Max vor lauter Erschöpfung unter der großen Wurzel ein. Der kalte Wind ließ ihre Haarspitzen gefrieren. Mo flatterte über ihnen und hielt Wache.

Wäre in dieser Nacht nicht ein Braunbär gekommen, wären Max und Marie vielleicht erfroren. Der Bär roch, dass jemand in seinem Versteck lag, und näherte sich leise. Auch er hatte Hunger und hoffte auf eine leichte Beute.

Mo flog zu ihm, setzte sich auf sein linkes Ohr und flüsterte: „Bitte, sei ganz leise, Brauner. Du willst doch die auserwählten Kinder nicht wecken, oder?"

Da staunte der Bär nicht schlecht: „Sind sie das?"

„Ja, und wenn sie niemand wärmt, werden sie erfrieren. Dann sind wir alle verloren."

Der Bär war kein Freund von langen Reden. Er begriff sofort, was zu tun war. Vorsichtig pirschte er sich zu den Geschwistern und schützte sie mit seinem Körper gegen den Wind.

„Leg dich bloß nicht auf sie drauf, alter Fettsack!“, mahnte Mo.

Aber das war nicht notwendig. Der Braunbär war ganz vorsichtig. Es war eine große Ehre für ihn, den Kindern helfen zu dürfen. Er schob eine Tatze unter Maries Kopf. Im Schlaf kuschelte sie sich an seinen warmen Körper. Max griff in das Fell des Bären, als sei es seine Bettdecke.

Als der Morgen graute, zog dichter Nebel über das Land. Mit ihm kam eine unvorstellbare Kälte. Selbst der Braunbär begann zu frieren. Max erwachte von Mos lautem Schrei: „Kro ist ganz nah! Ich kann ihn spüren. Er hat uns gefunden.“

Max öffnete die Augen und kreischte los, denn direkt vor seiner Nase lag eine riesige Tierkralle. Er wurde von einem großen Bären an die Baumwurzel gedrückt. Der Bär machte einen Sprung und verzog sich ins Gestrüpp. Er wollte den Kindern keine Angst einjagen.

Jetzt wurde auch Marie wach. Sie spürte die Wärme des Bären noch auf ihrer Haut, und ein paar braune Flocken von seinem Fell klebten an ihrem Prinzessinnenkleid.

„Ein Bär! Ein Bär! Er will uns fressen!“, schrie Max.

Marie sah keinen Bären. Sie starrte in die gleiche Richtung wie Mo. Dort drüben – keine hundert Meter weit entfernt von ihrem Nachtlager – schwebte das Eisschloss.

Willkommen im Eisschloss

Die gefrorenen Türme vom Eisschloss ragten bis zu den dunklen Wolken hinauf, aus denen es Eiskristalle regnete. Es sah aus, als würden die blauen Flammen das gewaltige Gebäude tragen. Marie zeigte in die Richtung des Schlosses, aber sie konnte nicht sprechen. Etwas ließ sie verstummen. Eine Art Ehrfurcht ergriff sie, die größer war als die Angst. Schon einmal hatten Marie und Max vor diesem Eisschloss gestanden, aber diesmal erschien es ihnen noch mächtiger und größer.

Durch die dicke Eisschicht war das Gemäuer des Schlosses gut zu erkennen. Das Eis umgab das Schloss wie eine meterdicke Haut. Es kam Marie vor, als sei die alte Schönheit in einer frostigen Faust gefangen.

Knarrend senkte sich die Zugbrücke von der Mauer, und Eiszapfen brachen ab. Sie fielen zwischen die blauen Flammen und zersplitterten dort. Die Ketten der Brücke jaulten wie vor Schmerzen auf. Marie bekam von dem Ton eine Gänsehaut. Die blauen Flammen machten ein Geräusch, als würde jemand mit langen Fingernägeln über eine Tafel kratzen.

Jetzt war die Zugbrücke unten. Das Schloss wirkte

auf Marie merkwürdig lebendig, als hätte ein gigantisches Tier gerade sein Maul geöffnet.

„Tja“, sagte Max. „Das heißt wohl, dass wir eingeladen sind.“

Er nahm Maries Hand. Max konnte seine Schwester jetzt nicht ansehen, wollte aber sicher sein, dass sie in seiner Nähe war. Maries Hand zitterte, und Max hörte ihren flachen Atem. Er wollte etwas sagen, um Marie Mut zu machen, aber ihm war selber zum Weglaufen. Für einen Moment fiel Max nicht mal ein cooler Spruch ein – und das war wirklich ein Grund zur Beunruhigung. Denn wenn er sich bisher auf etwas verlassen konnte, dann war das seine Schlagfertigkeit. Max atmete tief aus und drückte Maries Hand ganz fest. Sicher würde ihm gleich ein aufmunternder Spruch einfallen.

„Wenn wir das hier noch einmal machen, dann erinnere mich doch bitte daran, dass ich einen Wintermantel anziehe“, sagte Max.

Marie nickte. Sie spürte gar nicht mehr, wie kalt ihr war. Vor ihrem Mund wehte bei jedem Atemzug eine kleine weiße Wolke. Sie ging wie auf Watte. Nur das Medaillon an ihrem Hals spendete ihr ein bisschen Wärme, als hätte es in der Sonne gelegen und die Strahlen gespeichert.

Eine Stimme wie von einem uralten Tonband erklang: „Willkommen in meinem Schloss! Ihr kommt spät. Aber besser spät als zu spät.“

Max wollte plötzlich nur noch weg, aber Marie hielt

ihn fest. „Wir werden jetzt da reingehen, Max. Es ist die einzige Möglichkeit herauszufinden, was mit unseren Eltern geschehen ist.“

Max schluckte. „Ja, du hast Recht, Schwesterherz.“

Gemeinsam gingen sie auf die Zugbrücke zu. Wie bissige Schlangen zischten die blauen Flammen, aber sie erreichten die Geschwister nicht.

Wir müssen völlig verrückt sein!, dachte Max, als sie die Brücke betraten. Aber er sagte keinen Ton.

Der faulige, kalte Atem des Schlosses hauchte sie an. Tapfer gingen Max und Marie weiter. Mo flatterte über ihnen. Ihre Flügel wurden steif. Sie wusste nicht, ob vor Angst oder vor Kälte und flüchtete sich in Maries Tasche.

Das Medaillon mit dem Foto der Eltern, das Maries Brust wärmte, erinnerte Marie wieder an das Lied ihrer Mutter. Es schien, als ob das Medaillon durch irgendetwas mit Energie aufgeladen wurde. Marie wunderte sich: Hatte das etwas mit dem Schloss zu tun?

Die kalte Luft schmerzte Max in der Lunge. Er griff nach der zusammengerollten Zeitschrift, hielt sie wie ein Schwert in der rechten Hand und schlug damit mehrmals in seine linke Handfläche. Der klatschende Ton hatte für ihn etwas Beruhigendes. So fühlte er sich nicht mehr völlig wehrlos.

Der Boden unter ihnen war gefroren und spiegelglatt. Max hob die Zeitschrift, als sei sie eine Furcht erregende Waffe. Er schwang sie über seinem Kopf hin und her und rief: „Dein letztes Stündchen hat geschlagen, Kro! Komm raus, zeig uns dein hässliches Gesicht!"

Max torkelte, als habe ihn eine unsichtbare Hand gestoßen. Auf dem glatten Boden fand er keinen Halt, verlor das Gleichgewicht und fiel hin. Marie reichte ihm die Hand. Nur mühsam richtete sich Max wieder auf. Die Anzughose war aufgerissen, und sein linkes Knie blutete. Marie stützte ihren Bruder. Sie sah, dass Max die Zähne zusammenbiss, und ahnte, welch große Schmerzen er haben musste. Marie sah sich das verletzte Knie an und erschrak. Die Wunde blutete sehr stark und schien viel tiefer, als Marie gedacht hatte.

Mo krabbelte aus Maries Tasche. „Ich habe wieder ein bisschen Elfenstaub produziert. Hoffentlich reicht es."

Sie streute eine paar Körner auf Max' Verletzung. Sofort schloss sich die Wunde wieder. Auch der Riss in der Hose war verschwunden.

Max schien gar nicht erfreut. „Bist du verrückt, Mo?", schimpfte er. „Wir werden deinen Elfenstaub noch für wichtigere Dinge brauchen. Als Störzauber gegen Kro und seine Kreaturen."

„Spiel hier doch nicht den Helden!", warf Marie ein. „Wir sind nicht in einem deiner blöden Computerspiele."

„Komisch, hier sieht es aber genauso aus", brummte Max.

„Kommt jetzt!", bat Mo.

Die Geschwister durchschritten das große Tor. Über

ihnen hingen Eiszapfen, die so groß waren wie Baumstämme. Von den Eiszapfen tropfte Wasser nach unten, das dort sofort wieder gefror und eine Eisspitze am Boden bildete. Es war, als würden sie durch riesige Eiszähne in den Innenhof treten. Fünf Figuren standen dort auf Marmorsockeln wie zur Begrüßung da. Sie sahen aus wie Engel und schienen die Besucher zu beobachten.

„Die sehen ja aus wie Su, Li, Do, Bu und Ki", sagte Mo mit piepsiger Stimme.

„Wie wer?", fragte Max.

Marie antwortete für Mo: „Na, wie die fünf Elfen aus dem geheimen Elfenversteck. Schon vergessen? Wir sind ihnen bei unserem zweiten Besuch im Elfenreich begegnet."

Jetzt geriet auch Marie ins Wanken und rutschte aus. Noch bevor sie auf der kalten Fläche aufprallte, fingen zwei Arme sie von hinten auf. Marie atmete aus: „Danke, Max. Das war knapp."

„Gerne geschehen, kleine Prinzessin!", antwortete eine heisere Stimme.

Marie fuhr herum. Das war nicht Max! Vor ihr stand ein kleiner, dicker Diener mit weißen Handschuhen. Er trug einen dunkelgrauen Anzug, und auf seiner Glatze glänzten Eiskristalle. Marie musste zweimal hingucken. Der Mann sah aus wie ein Butler, aber er hatte tatsächlich vier Arme. Zwei Hände hielt er auf dem Rücken verschränkt und zwei vor der Brust. Links und rechts

neben seinen Schultern ragten die Griffe von je zwei Säbeln in die Luft. Sie waren frisch poliert. Marie konnte sich nur zu gut vorstellen, dass dieser vierarmige Mann als Schlossdiener unübertroffen war. Wer sonst konnte schon mit vier Händen servieren? Aber gleichzeitig wusste sie, dass mit ihm nicht zu spaßen war. Gegen seine vier Säbel hatte ein Gegner sicherlich kein leichtes Spiel.

Der Diener senkte sein Haupt und machte eine tiefe Verbeugung. „Es ist mir eine große Ehre, Euch im Schloss Eures Großvaters begrüßen zu dürfen! Mein Name ist Trutzbert. Ich werde Euch dienen, wie ich ihm gedient habe. Wie schön, dass Ihr ihn in dieser schweren Stunde nicht alleine lasst!“

Marie und Max sahen sich an. Sie verstanden überhaupt nichts mehr.

„Red doch nicht so einen Müll, Trutzi!“, spottete Max. Ihn beeindruckte diese Unterwürfigkeit gar nicht. „Führ uns lieber zu Kro. Wir haben noch eine Rechnung mit ihm offen.“

Marie sah ängstlich auf die vier Säbel und stieß ihren Bruder an. „Mensch, lass das. Dein Gequatsche bringt nichts. Du machst den nur sauer.“

Marie, Max und die Elfe Mo hörten ein lautes Husten. Es klang unheimlich und hallte durch den ganzen Schlosshof. Marie drang das Geräusch in alle Knochen, und sie hatte das Gefühl, dass sogar die Engelsstatuen zusammenzuckten.

Der Diener ging voran. „Folgt mir! Dem großen Meister und Zauberer geht es sehr schlecht. Er erwartet Euch!"

„Ha, ha. Sehr witzig!", rief Max. „Selten so einen guten Gag gehört! Wenn ich mit ihm abgerechnet habe, dann geht es ihm schlecht."

„Das ist bestimmt wieder nur eine Falle!", fürchtete die Elfe Mo. „Er wird uns genauso in Statuen verwandeln wie unsere Elfenfreunde Su, Li, Do, Bu und Ki."

Das Husten wurde stärker. Es hörte sich an, als würde jemand kaum noch Luft bekommen. Der Diener sah die Kinder flehend an. „Bitte! Ihr wollt Euch doch wenigstens von ihm verabschieden, oder etwa nicht?"

Marie ging voran. „Also gut. Komme, was wolle. Ob krank oder nicht. Zu Kro wollten wir sowieso."

Aber ... können Magier überhaupt krank werden?, fragte sich Marie. Sie versuchte sich ihre Lehrerin ins Gedächtnis zu rufen. Es war, als ob man sich an einen Menschen erinnern wollte, den man seit vielen Jahren nicht gesehen hatte. Dabei war Marie gestern noch zur Schule gegangen – oder war es vorgestern? Egal, auf jeden Fall stellte Marie es sich lustig vor, wenn sie ihre Lehrerin fragen würde: „Frau Raab, können Magier krank werden? Und was macht man am besten, wenn man nicht mehr genug Elfenstaub zur Verfügung hat, aber gleich einem Monster gegenübertritt? Wenn Elfen unsterblich sind, was ist dann mit Zauberern? Und weil wir gerade dabei sind, Frau Raab, gibt es ein Mittel, um in einem Eisschloss keine Grippe zu bekommen, wenn man nur ein dünnes Kleid anhat?“

Während Marie ihren Gedanken nachhing, ging Trutzbert auf eine breite Treppe zu. Sie war mit einer Eisschicht überzogen und glitzerte.

Da kommen wir nie hoch ohne auszurutschen, dachte Marie. Am liebsten hätte sie Frau Raab auch noch gefragt, wie man sicher auf Eis geht, wenn man weiße Lackschühchen mit dünnen Sohlen trägt.

Plötzlich drehte Trutzbert sich um. Er hielt zwei Paar Steigeisen in den Händen, wie Bergsteiger sie benutzen. Spitze Eisenstifte und Zacken ragten daraus hervor. „Schnallt Euch das unter die Füße!“, sagte der Diener freundlich. „Mit Euren Schuhen kommt man hier nicht weit. Die haben viel zu glatte Sohlen.“

Die Steigeisen passten den Geschwistern perfekt. Ganz so, als wären sie extra für sie gemacht worden.

„Klasse!“, freute sich Max. „Damit werde ich Kro mal einen kräftigen Tritt versetzen.“ Seine Zeitschrift hielt er dabei, als wolle er mit Trutzbert fechten.

Jetzt hatten Marie und Max endlich wieder festen Stand.

Kro, wir kommen!

Das Eis unter ihren Füßen knirschte und krachte, wenn die Eisenspitzen sich hineinbohrten. Komischerweise hatte der seltsame Diener Trutzbert keine Eisen unter den Füßen. Sein Gang war sicher und geübt. Im Gegensatz zu Max und Marie bewegte er sich ganz leise. Nur die Säbel auf seinem Rücken schliffen manchmal gegeneinander, wenn er die Schultern vorschob.

Mo saß auf Maries linker Schulter. Sie flüsterte Marie ins Ohr: „Lass uns lieber wieder abhauen. Ich habe ein ganz ungutes Gefühl."

So ein Gefühl hatte Marie auch, aber sie schüttelte trotzdem den Kopf. „Wenn wir unsere Eltern nicht wieder finden, sind wir sowieso verloren, Mo. Unsere Oma heiratet gerade Herrn Meister, und du weißt, wer in ihm steckt …"

„Wir müssen uns besser vorbereiten, Marie", klagte Mo. „Wir haben nicht mal warme Kleidung. Ich kann kaum noch fliegen."

Unbeeindruckt ging Marie weiter hinter Trutzbert her. Sie hoffte, dass Max einen guten Einfall haben würde. Aber dem fror schon fast der Verstand ein.

Oben auf der Treppe öffnete Trutzbert eine hohe Flügeltür. Er trat nicht in den Raum, sondern verbeugte sich vor der Tür und ließ den Kindern den Vortritt.

Einen Raum wie diesen hatten sie noch nie gesehen. Hier waren alle Möbel aus Eis. Der Tisch, die Stühle und selbst der Leuchter an der Decke. Der Tisch war für zwei Personen gedeckt. In der Mitte lag noch ein Elfenbesteck. Es roch nach Leberknödelsuppe und Braten. Die Teller sahen aus wie das Sonntagsgeschirr von Oma Klaphecke.

Marie griff an ihr Medaillon. Es war so voller Energie, dass sie sich daran ihre Hände wärmen konnte.

Max lief sofort zu dem offenen Kamin. Obwohl er aus Eis war, brannten darin dicke Holzklötze. Es war kein kaltes blaues Feuer, sondern ein richtiges, knisterndes Ofenfeuer. Es strahlte Wärme ab, und Max hielt die Hände über das Feuer. Marie wartete darauf, dass der Kamin aus Eis zu schmelzen begann, aber nichts dergleichen geschah.

Max hatte sofort wieder Oberwasser. „Na, klasse!“, lachte er. „Unser Opa wohnt in einem Kühlschrank. Echt voll krass!“

„So sieht es auch in seinem Herzen aus!“, sagte Mo zu Marie. In der Nähe des Feuers begann die kleine Elfe wieder ihre Flügel zu bewegen.

Der Diener öffnete einen Eisschrank. Darin hingen drei Mäntel aus dickem Fell. Einer der Pelzmäntel war winzig und hatte Schlupflöcher für Mos Flügel. Die beiden anderen passten Max und Marie genau. Sie hüllten die beiden ganz ein und reichten fast bis zum Boden.

Trutzbert sah die Geschwister ehrfürchtig an. „Wenn ich mir zu bemerken erlauben darf: Die Mäntel stehen den Herrschaften ausgezeichnet!"

Max schnippte mit dem Finger. „Du hast einen guten Geschmack, Trutzi! Und jetzt greif ich auf dein Angebot von vorhin zurück. Du willst uns genauso treu dienen wie Kro?"

„Ich würde mein Leben für Euch geben, Meister!"

„Was Warmes zu essen wäre mir lieber!", antwortete Max.

Im nächsten Augenblick war der Diener verschwunden. Nach kurzer Zeit kehrte er mit einer dampfenden Suppenschüssel zurück. Trutzbert verneigte sich. „Darf ich servieren, Meister?"

Max hatte solchen Hunger, dass er dem Diener die Schüssel aus der Hand riss und daran roch. „Ja, aber beeil dich, Trutzi. Und ein bisschen Weißbrot bitte, aber dalli! Und je eine Cola mit Zitrone für meine Schwester und mich. Aber bitte ohne Eis."

Sofort kam Trutzbert den Wünschen nach.

„Max!", mahnte Marie. „Vergiss nicht, warum wir hier sind. Das ist kein Spiel. Wir wollen unsere Eltern retten!"

„Keine Sorge", prahlte Max. „Ich habe die Lage voll im Griff. Erst stärken wir uns mal!"

Marie machte sich Sorgen, denn sie kannte ihren Bruder. Das Rumkommandieren von Trutzbert gefiel Max viel zu gut. Es war, als hätte Kros Machtbesessenheit schon eine Eintrittskarte in Max' Herz gefunden.

Mit einem silbernen Tablett kam Trutzbert zurück. Er hob einen glänzenden Deckel hoch und reichte Max und Marie das heiße Essen.

„Rehbraten mit Klößen und Rotkohl!", rief Max. „Das gibt's doch nicht!"

„Wie das Hochzeitsessen bei Oma", ergänzte Marie. „Da ist bestimmt der Wurm drin!"

Doch Max hörte nicht hin. Sein Hunger war einfach zu groß, um sich darüber Gedanken zu machen. Max schlang alles in sich hinein. Es schmeckte köstlich. „Da ist kein Wurm drin, Marie", grinste Max. „Probier mal. Fast wie bei Oma!"

Zaghaft blickte Marie auf die Leberknödelsuppe. Sie roch vorzüglich. Was blieb ihr anderes übrig? Verhungern wollte sie nicht. Und ein Gefühl in ihr sagte, dass das Essen in Ordnung war. Zögernd schlürfte sie etwas Suppe. Das tat gut! In ihrem Magen spürte Marie eine angenehme Wärme, die sich über ihren ganzen Körper ausbreitete.

Wieder hörten sie ein lautes Husten. Kurz darauf ertönte eine krächzende Stimme. „Marie und Max, meine lieben Enkel. Wo seid ihr? Ich warte auf euch!"

Trutzbert sah die beiden Kinder auffordernd an. „Euer Großvater! Er braucht Euch jetzt!"

Knarrend öffnete sich eine Tür aus Eis. Trutzbert

nahm eine Fackel von der Wand und zündete sie am Kaminfeuer an. Dann ging er voraus. Seine Säbel klapperten dabei.

Marie, Max und die Elfe Mo sahen sich an. „Meint ihr wirklich, dass das eine gute Idee ist?“, flüsterte Marie. „Mir wäre lieber, wir würden gleich nach Mama und Papa suchen.“ Marie umklammerte das Medaillon mit dem Foto ihrer Eltern. Es schien ihr jetzt noch wärmer als zuvor. Oder bildete sie sich das nur ein? Gleichzeitig fiel ihr wieder das alte Lied ein. Jedes Mal, wenn sie das Medaillon berührte, erinnerte sie sich an die Melodie.

Max riss Marie aus ihren Gedanken „He, Marie. Träumst du? Du glaubst doch wohl nicht im Ernst, dass uns Kro einfach so in seinem Schloss herumspazieren lässt. Ich mach ihn fertig, und dann haben wir freie Bahn.“

Mo sah Max ungläubig an. „Angeber! Das glaubst du doch selbst nicht!“

„Logo!“, prahlte Max. „Und du mit deinem Elfenstaub hilfst mir dabei. Wenn Kro wirklich so geschwächt ist, dann kriegt er eins auf die Birne, dass er gar nicht mehr aufsteht. Er hat uns schon genug angetan!“

Langsam hatten sich Marie und Max an ihre Steigeisen gewöhnt. Mit sicherem Tritt folgten sie dem Diener. Sie betraten einen langen Gang, und es wurde immer kälter. Marie kuschelte sich noch tiefer in ihren Pelzmantel. Überall hingen geheimnisvolle Gestalten aus

Eis an den Wänden. Marie und Max hatten wieder das merkwürdige Gefühl, von allen Seiten beobachtet zu werden.

Der Weg wurde dunkler und schmaler. Nur die Fackel von Trutzbert spendete noch Licht. Auf einmal blieb er stehen und zeigte auf ein Schild an einer Tür. Darauf stand: „Eintritt verboten!"

Marie erkannte das unheimliche Tor sofort: So sah der Eingang der Geisterbahn aus, durch den sie zum ersten Mal in das Reich des Zauberers gelockt wurden!

Heimlich holte Max seine Zeitschrift hervor. Er stieß Marie damit an und tippte so unauffällig wie möglich auf das Foto seiner Eltern.

Marie nickte ihrem Bruder zu. Es gab keinen Zweifel mehr: Jana und Ralf Klaphecke waren durch dieses Tor in Kros Welt geraten – und sicher hielt er sie hier gefangen!

Der Diener drückte kurz gegen die schwere, dicke Tür, die sich daraufhin wie von selbst öffnete. Eine Wendeltreppe aus Eis führte nach oben. An der Wand hingen Spinnweben, die zu Eis erstarrt waren. Es sah aus, als wäre diese Treppe seit etlichen Jahren nicht mehr benutzt worden.

Trutzbert blickte die Geschwister geheimnisvoll an. „Im Turmzimmer liegt Euer Großvater, der große Zauberer Kro. Niemand außer Euch beiden darf seine Gemächer betreten. Folgt mir!"

Die Treppe schien kein Ende zu nehmen. „Sag mal,

Trutzi!", keuchte Max. „Ihr habt wohl noch nie was von einem Aufzug gehört, was?"

Marie hatte keine Probleme mit dem Treppensteigen, sie fror nicht einmal mehr. Doch Mos zarte Flügel erstarrten wieder zu Eis. Für sie war das Fliegen mühsam. Marie, die Mitleid mit der kleinen Elfe hatte, steckte Mo behutsam in die Innentasche ihres Pelzmantels. Die Elfe spürte die wohlige Wärme und kuschelte sich an Marie.

Draußen tobte mittlerweile ein heftiger Sturm. Der Wind heulte, als würde er von den Eiszapfen in Stücke geschnitten. Als der Donner krachte, zuckte Marie zusammen. Ein Blitz traf den Südturm nebenan und sprengte ihn. Die Erschütterung ließ auch den Turm erbeben, in dem sich die Geschwister befanden. Die Wände wackelten und knarrten. Das Eis bekam Risse und bröckelte.

Fast wäre Marie gestürzt, doch schon wieder fing sie einer der Arme von Trutzbert auf. „Nur keine Angst, kleine Prinzessin. Ihr seid rundum beschützt."

Missmutig schaute Max zu Trutzbert. Dann zog er Marie zu sich. „Finger weg von meiner Schwester, Trutzi! Wenn sie einer beschützt, dann ich!"

Endlich hatten sie das Turmzimmer erreicht. Darin war es so kalt, dass Marie und Max das Einatmen in Lunge und Nase Schmerzen bereitete. Unweigerlich begannen beide mit den Zähnen zu klappern.

Trutzbert schlurfte zum Kamin und entzündete mit

der Fackel das Feuer. Sofort wurde es deutlich wärmer im Raum. Doch das Eis um den Kamin begann nicht zu schmelzen.

Marie öffnete ihren Pelzmantel, und die Elfe Mo schwirrte heraus. Ihre Flügel waren unbeschadet.

Max blickte auf das große Eisbett, das in der Mitte des Raumes stand. In Max stieg Kampfgeist auf, und er bereitete sich auf einen Angriff gegen den Zauberer vor. Max nickte Mo und Marie zu und rollte die Zeitschrift zu einem Knüppel zusammen, so wie er es schon oft getan hatte. Max wirkte zuversichtlich und siegessicher, obwohl seine einzigen Waffen eine Zeitschrift und Mos Elfenstaub waren.

Doch als Max den Zauberer Kro in seinem Bett erblickte, erschrak er. So hatte er den Zauberer noch nie gesehen: Kros Gesicht war bleich wie Kalk. Sein langes weißes Haar wirkte nur noch wie ein Hauch von feinem Nebel. Der lange Bart reichte bis auf den Boden. Tiefe, dunkle Ringe lagen um Kros Augen.

Nein, das war nicht der Kro, gegen den Marie und Max so erbittert gekämpft hatten. Das hier war ein uralter, kranker und gebrechlicher Mann. Der Zauberer wirkte nur noch wie Haut und Knochen, so abgemagert war er. Sofort stieg in Marie Mitleid auf.

Max stand bewegungslos da und ließ seinen Knüppel langsam sinken. „Sag, dass du nicht Kro bist!“, sagte Max leise. Er wollte es nicht wahrhaben, war enttäuscht, denn zu gerne hätte er sich mit dem großen

K
K

Zauberer angelegt. Für seine Eltern, Marie und sich selbst hätte er es getan. Und natürlich auch für Mo und das Reich der Elfen. Es wäre ein Leichtes gewesen, jetzt auf Kros Bett zu springen und ihn zu erschlagen. Aber so? Wie soll man gegen jemanden kämpfen, der sowieso schon halb tot war?

Nein, das brachte Max nicht übers Herz.

Der Zauberer streckte seine dürren, knochigen Hände nach den Kindern aus. Seine Augen wirkten zwar müde und fiebrig, aber gleichzeitig leuchteten sie. Kros Stimme war heiser und schwach. „Marie, meine kleine Prinzessin! Max, mein junger Held! Endlich. Kommt zu mir! Kommt zu eurem armen alten Opa!"

Marie war hin- und hergerissen. Sie konnte es nicht fassen, dass der alte Mann dort der böse Zauberer Kro sein sollte.

Der Zauberer hustete. Der Atem, der dabei aus seinem Mund kam, verwandelte sich in Schneeflocken, die zu Boden fielen.

Langsam trat Max näher zu seinem Großvater. Zum ersten Mal hatte er das Gefühl, irgendetwas für ihn tun zu wollen. Kro war schließlich sein Opa! Vielleicht wurde er durch die Krankheit ja wieder zu einem guten Zauberer. Max war, genau wie seine Schwester, verwirrt.

„Nein, Max!", rief Marie. Ihre Stimme füllte den ganzen Raum aus und kam in einem Echo wieder zurück.

Max sah Marie an. „Was, nein?!"

„Ich weiß, was du denkst!“, antwortete sie. „Kro ist kein guter Zauberer! Das war er vielleicht einmal. Aber das ist lange her. Er täuscht uns, wie er es schon oft getan hat!“

Mühsam versuchte Kro sich aufzurichten, aber er schaffte es nicht. Der Zauberer fiel kraftlos in sein Kissen zurück. „Du irrst dich, meine Prinzessin! Ich weiß, ich habe viele Fehler gemacht. Und das tut mir sehr Leid.“

„Ach ja?“, spottete Mo. „Und was ist mit unseren Elfenfreunden da draußen? Du hast sie zu Eisfiguren gemacht! Ganz zu schweigen von den vielen einstigen Bewohnern, die du in Monster verwandelt hast.“

Der Zauberer stöhnte: „Ja, ja, ich weiß! Gerne würde ich all das rückgängig machen. Ich würde euch gerne einen Beweis geben, aber meine Kraft reicht nicht aus. Werdet meine Nachfolger, dann könnt ihr alles zum Guten wenden.“

„Zum Guten?“, fragte Max. „Und wie soll das, bitte schön, funktionieren? Bestimmt nicht mit dem bescheuerten Zauberspruch, mit dem du uns zu deinen Nachfolgern machst.“

Der Zauberer hauchte: „Retsiem red tsi ork! Das ist er, mein Junge. Sprecht ihn dreimal aus, dann werdet ihr all die Macht haben, die ich einst besessen habe. Geht besser damit um als ich!“

Marie hielt es nicht mehr aus. „Wenn wir das tun, dann werden wir Sklaven deiner schwarzen Magie.“

Kro sah Marie liebevoll an. „Aber nicht doch, Marie! Das war einmal. Die Zeiten haben sich geändert."

Fast wäre Marie die Frage herausgeplatzt, was Kro mit ihren Eltern gemacht hatte. Aber ein unbestimmtes Gefühl hielt sie davon ab. Irgendetwas sagte ihr, dass es besser wäre, den Mund zu halten. Marie fasste wieder an ihr Medaillon. Es war inzwischen so heiß geworden, dass sie sich fast die Finger daran verbrannte. Erneut musste Marie an das Lied ihrer Mutter denken. Es schien, als ob das Schmuckstück ihr etwas Wichtiges sagen wollte. Aber was?

Plötzlich erschütterte lautes Getrampel das ganze Schloss. Unmenschliche Schreie gequälter Seelen drangen zum Turmzimmer hinauf. Marie musste sich die Ohren zuhalten, denn sie bekam Zahnschmerzen davon.

Mo suchte Schutz in Maries Haaren.

„Da sind sie wieder!", krächzte Kro. „Sie kommen, um uns zu töten!"

Die wilden Reiter stürmen das Schloss

Max rannte zum Fenster. Er öffnete es, und eisiger Wind schnitt in seine Augen. Er konnte nicht viel erkennen, aber was er sah, machte ihm Angst: Ein Heer von riesigen Skorpionen umringte das Schloss. Auf ihnen saßen brüllende Steinzeitmenschen. Sie waren am ganzen Körper behaart und hatten Furcht erregende Gesichter.

„Hilfe, Max!“, flehte Kro. „Ihr müsst mir helfen! Ich kann die wilden Reiter nicht mehr aufhalten. Meine Kraft reicht nicht aus.“

Trutzbert zog vier Säbel. „Kampflos werde ich meinen Meister nicht diesen Monstern überlassen. Ein Skorpion ist schuld daran, dass er jetzt im Sterben liegt.“ Sein Blick fiel auf Max. „Wenn Ihr ein echter Kämpfer seid, dann steht an meiner Seite!“

Die ersten Riesenskorpione kletterten, getrieben von ihren Reitern, über die Mauern. Sie schienen genau zu wissen, wo sich die Geschwister und Kro befanden. Zielstrebig krabbelten sie zum Turm. Ihre riesigen Giftstachel reckten sich dem Himmel entgegen.

„Wenn Ihr nichts unternehmt, wird es Euch genauso ergehen wie Eurem Großvater!“, rief Trutzbert. „Das Skorpiongift ist wie eine Todesspritze. Dagegen gibt es keine Medizin.“

Ein Skorpion versuchte durch das Fenster ins Zimmer zu kommen. Doch das Fenster war zu klein, sodass das riesige Schalentier nicht hindurchkam. Der Skorpion zwängte zwei stachelige Beine in den Raum und versuchte die Fensteröffnung zu erweitern. Eis splitterte in das Zimmer.

„Max, rette uns!“, forderte Kro.

Trutzbert schlug mit seinen Säbeln dem Skorpion ein Bein ab, aber in dem Moment brach die Außenwand. Der Wind blies ungehindert herein und wehte Marie fast um.

Der Skorpion, auf dem ein wilder Reiter mit einer Steinaxt saß, kroch ins Zimmer. Das riesige Tier griff Trutzbert an und versuchte ihn mit seinem Stachel zu stechen. Trutzbert wehrte sich mit allen Säbeln. Es sah aus, als ob er mit dem Monster fechten würde.

Marie kroch schnell unter Kros Bett.

„Lass uns verschwinden, Marie! Wir müssen hier raus!“, kreischte Mo.

Plötzlich streifte der Stachel des Skorpions Trutzberts Arm. Es war nur ein kleiner Schnitt, aber das Gift wirkte sofort. Trutzbert ließ nach und nach seine Säbel fallen und brach zusammen.

Der wilde Reiter sprang vom Skorpion und ging di-

rekt auf Marie zu. Sie versuchte zu entkommen, aber wohin sollte sie flüchten?

Mo streute Elfenstaub auf den wilden Reiter, aber der zeigte sich davon unbeeindruckt. Er hob Marie hoch, als ob sie ein Gepäckstück wäre, und bestieg mit ihr seinen Skorpion.

Max brüllte, so laut er konnte: „Retsiem red tsi ork! Retsiem red tsi ork!"

„Nein! Tu es nicht!", kreischte Mo.

Aber Max war nicht mehr aufzuhalten. Er wollte seine Schwester retten, und eine andere Möglichkeit sah er nicht. Max war blind vor Wut und riskierte alles. Er schrie es dem Ungeheuer wie eine Beschwörung zum dritten Mal entgegen: „Retsiem red tsi ork!"

Augenblicklich spürte Max unglaubliche Kräfte in sich aufsteigen. Nein, nicht einfach nur in seinen Muskeln. Er hatte das Gefühl, an ein Stromkabel angeschlossen zu sein. Alles, was er dachte, konnte jetzt Wirklichkeit werden. Alle Wünsche würden sich erfüllen. Nichts konnte sich ihm entgegenstellen. Das spürte er. Alle Dinge mussten ihm gehorchen. Alle. Auch dieses Monster. Es war ein überwältigendes Gefühl. Max glaubte die ganze Welt beherrschen zu können. Seine neu gewonnene Macht wollte er sofort einsetzen. Mit seinen Augen funkelte er den Riesenskorpion an.

Schrumpfe, du Untier!, dachte Max. Schrumpfe auf deine normale Größe zusammen!

Kaum hatte er diesen Gedanken zu Ende gebracht,

fiel der Reiter des gefährlichen Tieres auch schon zu Boden.

„Ja, Max!“, brüllte Kro. „Fühle die Kraft in dir! Endlich! Endlich wirst du mein Nachfolger sein!“ Es schien, als würde er gleichzeitig mit Max wieder zu Kräften kommen.

Vor Max krabbelte ein kleiner Skorpion und suchte unter Kros Bett Schutz, wohin auch Marie wieder geflüchtet war. Der kleine Skorpion kam direkt auf Marie zu. Sie floh zur Tür, und die Elfe Mo folgte ihr. Sie hatte das Gefühl, dass Marie jetzt besonderen Schutz brauchte.

Der Affenmensch, der sich mittlerweile wieder vom Boden erhoben hatte, folgte Marie mit einem lauten Schrei.

„Los, Max!“, schrie Kro. „Greif ein! Hilf deiner Schwester!“

Das ließ sich Max nicht zweimal sagen, denn er liebte seine Schwester von ganzem Herzen. Das Gefühl der Macht in ihm nahm immer mehr zu. Sicherlich war es ihm wichtig, seine Schwester vor dem Steinzeitmenschen zu beschützen. Aber Max verspürte in sich auch den unaufhaltsamen Ehrgeiz, seine neu gewonnen Kräfte voll auszuleben und auszuprobieren.

Max schloss die Augen und stellte sich vor, wie sich der Affenmensch in einen harmlosen kleinen, kunterbunten Vogel verwandelte. Im nächsten Augenblick flatterte ein zwitschernder Vogel um Maries Kopf und setzte sich auf ihre Schulter, wo er sich sein blau-gelbes Gefieder putzte.

Marie wusste nicht, was sie davon halten sollte. Aber zunächst war sie heilfroh, dass Max sie gerettet hatte. Jetzt wollte sie nur noch eins: Mama und Papa wieder finden. Sie blickte ihren Bruder auffordernd an. „Max, komm jetzt!“, rief sie ihm zu.

Aber Max dachte nicht daran. Er war auch viel zu beschäftigt damit, die Angreifer durch die Macht seiner Gedanken zu verwandeln. Er probierte alles aus, verwandelte sie in Kröten, Fische und Stachelschweine, aber auch in wunderschöne weiße und schwarze Pferde. Um sie herum sah es bald aus wie in einem Zoo.

„Du bist ein Held, Max!“, rief Kro.

Max trat zu seinem Großvater an das Bett, kniete nieder und nahm die Hand des Zauberers. „Danke, Opa! Hätte ich doch gleich auf dich gehört. Endlich wird alles gut!“

Marie konnte nicht glauben, was sie da hörte! Konnte es wirklich sein, dass sie ihren Bruder gerade eben an den Zauberer Kro verlor?

„Max, bitte!“, flehte sie.

Max drehte sein Gesicht zu Marie.

Als Marie ihrem Bruder in die Augen blickte, erschrak sie. Sie war sich sicher, dass sie noch vor wenigen Minuten türkisblau gestrahlt hatten. Doch jetzt waren seine Augen tiefschwarz, und Max sah Marie wie ein Fremder an. Nur manchmal blitzte seine alte Augenfarbe noch hervor. Auch sein Gesicht veränderte sich. Max' Hautfarbe wirkte fahl und bleich – genauso wie bei Kro. Max' Sommersprossen, die Marie so geliebt hatte, waren verschwunden.

Marie wusste nicht mehr genau, wen sie vor sich hatte. Mal sah sie den alten Max vor sich, dann wieder ein Wesen, wie von Kro geschaffen. Sie bekam Angst vor ihrem Bruder. „Max, was ist mit dir!?", rief Marie verzweifelt. Am liebsten hätte sie ihn geschüttelt. Aber das traute sie sich nicht.

„Was soll mit mir sein, Marie?", antwortete er ruhig mit gewohnter Stimme. Doch darin lag auch eine leichte Drohung. „Ich habe dich gerettet! Hast du gesehen, wie ich das Ungeziefer fertig gemacht habe? Es war ganz leicht. Du kannst das auch. Los, Marie! Sprich den Zauberspruch. Du wirst sehen, wir beide können das ganze Elfenreich wieder in ein Paradies verwandeln!"

Marie schüttelte unmerklich den Kopf. Sie war wie gelähmt und hatte furchtbare Angst, ihren Bruder Max zu verlieren.

Langsam richtete sich der Zauberer Kro in seinem Eisbett auf. Er sah aus, als sei er nie wirklich krank gewesen. Machten Max' Kräfte ihn wieder stark? Oder war Kros Schwäche nur eine Lüge gewesen?

Die Elfe Mo flüsterte Marie ins Ohr: „Wir müssen so schnell wie möglich eure Eltern finden, Marie. Durch den Zauberspruch geht die schwarze Magie auf Max über. Aber nicht nur die schwarze, sondern auch die weiße. Im Moment tobt in Max noch ein Kampf zwischen diesen beiden Mächten. Doch die Macht der schwarzen Magie wird immer stärker, Max' Körper verändert sich bereits. Wenn wir uns nicht beeilen und eure Eltern finden, dann wird Max' Seele bald von dieser negativen Macht besessen sein. Dann haben wir keine Chance mehr dagegen, Marie."

„Und was sollen wir jetzt tun?", fragte Marie leise.

Die kleine Elfe sah Marie an. „Du weißt genau, was zu tun ist."

Maries Angst und Lähmung wich, doch dafür breitete sich große Wut in ihr aus. Sie wusste jetzt, dass Kro sie wirklich getäuscht hatte. Sie rannte zu Kro und schlug auf ihn ein. „Du gemeiner Schuft! Du hast das alles nur vorgetäuscht! Deine Krankheit und der Angriff der wilden Reiter auf das Eisschloss! Alles gelogen!"

Max sprang zu Marie und hielt sie fest. „Was redest du denn da?!", brüllte er. „Hör auf mit dem dummen Geschwätz!" Aus fiebrigen schwarzen Augen blitzte Max sie an.

Marie wollte sich losreißen, aber es gelang ihr kaum. Solche immensen Kräfte hatte sie schon einmal bei Max erlebt – damals, auf dem unheimlichen Piratenschiff, als Max zum ersten Mal von Magie Gebrauch machte.

Marie zeigte auf den Zauberer Kro, der aus seinem Bett sprang. „Da! Sieh ihn dir an, Max! Keine Spur von Krankheit. Er hat dich und mich belogen, damit du den Zauberspruch sagst."

Der Zauberer Kro wirkte siegessicher. Er klopfte Max auf die Schulter. „Durch den Zauberspruch, mein Junge, hast du mich und das Reich der Elfen erlöst. Sieh nur, dort unten im Hof flattern die Elfen wieder. Deine Schwester kann nicht glauben, was geschehen ist, Max. Es ist zu viel für sie. Lass sie los! Sie wird sowieso nicht weit kommen."

Die Elfe Mo flog zum Fenster und sah nach unten auf den Innenhof des Schlosses. Tatsächlich! Ihre fünf Elfenfreundinnen Su, Li, Do, Bu und Ki schwirrten aufgeregt umher. Der Wind blies noch genauso stark wie vorher, und sowohl Mo als auch die anderen Elfen mussten hart dagegen ankämpfen. Mo rief laut nach ihnen, aber sie konnten sie nicht hören.

Marie spürte an ihrem Hals wieder diese Wärme, die von dem Medaillon ausging. Sie nahm das Schmuckstück und wollte es gerade öffnen, als sie einen rot leuchtenden Strahl bemerkte, der davon ausging. Es war ein pulsierendes Licht, das mal schwächer und dann wieder stärker wurde. Es erinnerte Marie an das Signal eines Leuchtturms, das aufblitzte und wieder in der Dunkelheit verschwand. Sie wusste, dass das Medaillon ihr etwas sagen wollte.

In der Grabkammer

Marie rannte los. Die Wendeltreppe erschien ihr enger als vorher, und sie musste sich wie durch einen Schlauch zwängen. Die kleine Elfe Mo folgte ihr.

Marie rannte so schnell wie noch nie. In der Schule hätte sie mit diesem Lauf jedes Sportabzeichen gewonnen. Es war, als würde sie durch die Kraft des Medaillons geführt. Tief in ihrem Inneren wusste Marie genau, wohin sie gehen musste, obwohl sie noch niemals zuvor an diesem Ort gewesen war.

Aus der Ferne hörte sie Max' Stimme. Aber Marie ließ sich davon nicht beirren. Es wurde wieder bitterkalt, und sie nahm Mo unter ihren Pelzmantel. Je weiter Marie lief, umso stärker schien das Medaillon zu leuchten. Die Treppe führte immer tiefer ins Schloss hinab. Marie kam es vor, als würde sie zum Mittelpunkt der Erde führen.

Plötzlich bemerkte Marie einen hellen Strahl, der aus der Ferne leuchtete. Er kam von einem wundervoll verzierten Torbogen aus Eis. Dahinter lag ein Raum, der aussah wie eine Totenhalle.

Marie rannte auf den Torbogen zu und wollte die Totenhalle betreten, doch sie stieß mit einer unsichtbaren Wand zusammen. Sie war kalt und hart. „Autsch!“, rief Marie und rieb sich den Kopf. Benommen stand Marie vor der Wand. Sie war klar wie eine Schaufensterscheibe.

„Ich habe sie gefunden!“, flüsterte Marie. Hinter der Wand sah sie zwei Blöcke aus Eis. Darin waren zwei menschliche Gestalten eingefroren. „Mama? Papa?“, brüllte Marie und trommelte gegen die Eiswand. Sie musste zu ihren Eltern! Marie trommelte immer weiter auf die Wand, und auf einmal bröckelte sie, bis sie schließlich ganz einstürzte.

Marie rannte zu den beiden Eisblöcken. Aufgeregt schlüpfte Mo aus dem Pelzmantel. „Marie! Sieh doch!“

Marie hauchte am dicken Eis und rieb mit ihrem Ärmel den Reif ab. Dann sah Marie in ein wunderschönes Gesicht, das sie nur zu gut kannte. Da lag ihre Mutter, Jana Klaphecke. Daneben ihr Vater, Ralf Klaphecke.

Tränen stiegen in Maries Augen. „Mama! Papa!“, schluchzte sie.

Marie war so in Trauer gefangen, dass sie Max’ Rufe gar nicht hörte. Sie bemerkte ihn erst, als er außer Atem neben ihr stand. Ungläubig blickte er auf die beiden Gräber aus Eis. Seine Augen flogen von einer Gestalt zur anderen.

„Da sind Mama und Papa!“, sagte er leise. „Du hattest Recht, Marie!“

Vor lauter Tränen konnte Marie kaum noch etwas sehen. „Ja, aber sie sind tot! Sieh sie dir an!“, schrie Marie. „Das hat uns dieser herzlose und kaltblütige Zauberer Kro angetan!“

Betroffen ließ Max seinen Blick sinken. Er fühlte sich furchtbar. Fast hätte er sich der dunklen Macht ergeben, doch die Liebe zu seiner Schwester war stärker. „Kro wird gleich hier sein, Marie. Ich habe keine Ahnung, wie es weitergehen soll.“ Sein Blick fiel auf die kleine Elfe Mo. „Kannst du uns nicht helfen, wieder nach Hause zu kommen? Mit deinem Elfenstaub und dem magischen Ring?“

„Damit ist euch nicht geholfen, Max!“, antwortete Mo. „Und mein Elfenstaub reicht bei dieser Kälte einfach nicht aus.“

Maries Schmerz war so groß, dass sie weinend am Sarg ihrer Mutter lehnte. Plötzlich hörte Marie die Stimme ihrer Mutter. Oder war es wieder nur die Erinnerung an das alte Lied, das Marie dauernd im Ohr hatte, seit sie im Reich der Elfen waren? Marie drehte sich um und sah Jana Klaphecke ins Gesicht. Ihr Mund bewegte sich nicht.

Von weitem hörte Marie Kros Lachen. Ja, da war er wieder mit all seiner Boshaftigkeit. Bald würden Marie und Max ihm gehören.

Marie setzte sich erschöpft auf den Boden. In ihrer großen Not begann sie das Lied ihrer Mutter zu summen. Aus dem Summen wurde ein Gesang. Tränen liefen dabei über ihre Wangen.

Wenn dich der Mut mal verlässt
und dir geht's ganz furchtbar schlecht,
nehm ich dich gleich in den Arm,
drück dich fest, dann wird's dir warm.

Max war gerührt. Er, der sonst immer so cool und überlegen wirkte, hatte plötzlich Tränen in den Augen. All die Jahre hatte er seinen Schmerz über den Verlust der Eltern verdrängt und versucht, nicht darüber nachzudenken.
Aber jetzt konnte auch er nicht mehr und schluchzte laut auf. Er setzte sich zu Marie und nahm seine Schwester in den Arm.

Während Marie sang, hörten sie Kros keifende Stimme: „Sofort aufhören! Aufhören habe ich gesagt!“

Marie und Max sahen sich an. „Der meint uns!“, bemerkte Max.

Marie zuckte mit den Schultern. „Ist doch sowieso egal“, sagte sie und sang weiter.

Wenn dich der Mut mal verlässt
und dir geht's ganz furchtbar schlecht,
nehm ich dich gleich in den Arm,
drück dich fest, dann wird's dir warm.

„Aufhören, aufhören, aufhören!“, brüllte Kro, der plötzlich mit seinem schwarzen Gewand in der Totenhalle stand. Er funkelte Max und Marie mit einem irren, bösen Blick an. „Ihr seid ein Nichts! Genau wie eure Mutter! Ihr gehört mir, mir!“

Max flüsterte Marie zu: „Sing weiter, Marie!“

Und wenn du traurig bist, dann
fängst du zu weinen gleich an,
kannst weinen, so wie du willst,
ob ganz laut oder ganz still.

Wenn dich der Mut mal verlässt
und dir geht's ganz furchtbar schlecht,
nehm ich dich gleich in den Arm,
drück dich fest, dann wird's dir warm.

Der Zauberer Kro hielt sich die Ohren zu. „Ich kann es nicht hören! Dieses Lied. Es ist schrecklich! Aufhören!" Dann griff er sich an sein Herz. Es sah aus, als würde er einen Herzanfall bekommen.

Max verstand zwar, dass das Lied auf Kro eine besondere Wirkung hatte, aber was genau passieren würde, wusste er nicht. Jetzt stimmte auch Max mit ein und sang das Lied gemeinsam mit Marie aus vollen Kräften:

Wenn dich der Mut mal verlässt
und dir geht's ganz furchtbar schlecht,
nehm ich dich gleich in den Arm,
drück dich fest, dann wird's dir warm.

Marie und Max sahen Kros schmerzverzerrtes Gesicht. Es schien, als wolle Kro etwas zurückhalten. Er presste seine Hände fest gegen sein Herz, aus dem auf einmal Wasser zu fließen begann.

Mo flog aufgeregt umher. „Sein Herz aus Eis beginnt zu schmelzen! Singt weiter!"

„Dieses Lied!", keuchte Kro. „Das habe ich meiner Tochter Jana immer vorgesungen, als sie noch klein war. Seit Jahren habe ich es nicht mehr gehört. Hört auf damit, ich sterbe!"

Hinter sich spürten Marie und Max etwas Feuchtes. Langsam tropfte Schmelzwasser von den Särgen herab.

Marie und Max wiederholten das Lied immer wieder. Der Anblick des Zauberers erschreckte Marie. Je intensiver und länger sie sangen, desto mehr sank Kro in sich zusammen. Marie und Max beobachteten, wie gleichzeitig die Eissärge schmolzen und ihre Eltern freigaben. Jana und Ralf Klaphecke schienen in ihren Särgen zu glühen. Sie wirkten merkwürdig lebendig.

Überall bebte und krachte es. Eisbrocken fielen von den Wänden. Marie und Max hatten Angst, dass das ganze Schloss bald einstürzen würde. Unter ihren Füßen knirschte der Boden und bekam Risse. Die Geschwister klammerten sich aneinander.

„Singt weiter!", rief Mo. „Ihr schafft es!" Die Elfe sammelte ihre letzten Elfenstaubkörner zusammen und streute sie über den Zauberer. „So!", triumphierte Mo. „Jetzt hat es sich ausgezaubert!"

Gekrümmt lag Kro am Boden. „Es tut mir Leid!", wimmerte er. „Es tut mir alles so Leid! Ich hatte doch nur Angst, meine Tochter auf immer und ewig an das Menschenreich zu verlieren." Dann blieb er regungslos liegen.

Marie und Max sahen sich um. Das Eis war verschwunden. Nur noch wenige Kristalle hingen an den Wänden. Ein paar Pfützen auf dem Boden zeugten davon, dass hier einmal alles ganz anders ausgesehen hatte. Durch ein großes Fenster, das vorher noch nicht da gewesen war, breitete sich warmes Licht aus. Die untere, dicke Eisschicht, die das Schloss umgab, war geschmolzen. Der Raum schien sich nicht mehr im Keller zu befinden.

„Mama! Papa!“, rief Marie. Ob ihre Eltern noch lebten? Marie hielt das Medaillon fest in der Hand.

Auf einmal schlugen Jana und Ralf Klaphecke ihre Augen auf. Die Mutter lächelte Marie und Max an. Gleichzeitig weinte sie. „Meine Lieben!“, sagte sie mit sanfter Stimme. „Ich habe euch ja so vermisst.“ Jana Klaphecke richtete sich auf und nahm Marie und Max in ihre Arme.

Die Erlösung, die Marie in diesem Moment empfand, spürte sie am ganzen Körper. Sie fühlte sich leicht und schwer zugleich. Weinend drückte sie sich an ihre Mutter.

Max konnte nicht recht glauben, was er sah. „Papa!“, stammelte er. „Wir dachten, ihr seid tot!“

Ralf Klaphecke packte Max und wirbelte ihn herum, dann drückte er ihn an sich. „Das dachten wir auch!“, antwortete Ralf lachend. „Aber wozu hat man denn so mutige und kluge Kinder!“

Mo war außer sich vor Freude. Sie gab Jana einen zarten Kuss auf die Wange. „Herzlich willkommen zu Hause, Prinzessin Jana!“

Marie platzte fast vor Stolz. Ihre Mama war tatsächlich eine echte Prinzessin. Und sie lebte! Sie lebte!

„Das ist schon lange her, Mo“, lächelte Jana.

Dann sah Jana ihren Vater, den Zauberer Kro, auf dem Boden liegen. Sein Gesicht war nicht zu sehen.

Von Marie und Max gestützt, ging Jana auf Kros Körper zu. Max und Marie wichen ihrer Mutter nicht von der Seite. Jetzt hatten sie ihre Eltern gefunden und wollten sie auf keinen Fall wieder verlieren.

„Ist Kro tot?“, fragte Marie leise.

Ihre Mutter zuckte mit den Schultern. „Ich weiß es nicht, Marie.“

Vorsichtig drehten Marie und Max ihren Großvater um.

Ralf Klaphecke rief: „Seid vorsichtig! Er ist ein böser alter Mann. Lasst uns lieber von hier verschwinden!“

Marie berührte ihren Großvater. Er fühlte sich nicht mehr kalt an. Als Marie in sein Gesicht sah, war es verändert. Kro wirkte nicht mehr hart und böse, sondern gütig und weich. Es war, als hätte er ein Lächeln im Gesicht, und ein Strahlen ging von ihm aus.

Mo streute etwas Elfenstaub in seine Nase. Daraufhin bewegte Kro seinen Kopf hin und her und öffnete die Augen. Sein Blick wirkte so gütig und eine solche Wärme ging von ihm aus, dass man niemals vermutet hätte, dass Kro ein böser Zauberer war.

Max war völlig verblüfft. Doch Marie war noch immer misstrauisch. Zu oft hatte Kro sie hinters Licht geführt.

Aber dann ging Jana auf ihren Vater zu und nahm ihn in die Arme.

„Es tut mir so Leid, meine kleine Prinzessin!“, schluchzte Kro. „Ich habe euch allen so viel Unrecht angetan!“

Zum ersten Mal sah Marie den Zauberer weinen.

Nein, das konnte auch Kro nicht vortäuschen. Das Eis aus seinem Herzen war verschwunden.

„Na, Opa!“, grinste Max. „Wie haben wir das gemacht? Ohne uns wärst du ziemlich aufgeschmissen gewesen, was?“

„Da hast du Recht, mein Junge!“, gab der Zauberer zu. „Aber du und Marie, ihr seid richtige Helden. Ich will alles wieder gutmachen! Zu viel Schlechtes habe ich angerichtet.“

Maries Augen leuchteten. „Echt? Das musst du uns aber erst beweisen. Am besten, du fängst gleich an. Befreie alle Elfen und erlöse alle Tiere und Pflanzen von ihrem Fluch, gib ihnen ihre normale Gestalt zurück! Und vergiss nicht unsere andere Oma aus dem Reich der Elfen. Du hattest sie zuerst in eine Krake und dann in einen Wurm verwandelt! Erinnerst du dich?“

„He, Moment!“, protestierte Max. „Und was ist mit dem Zuckerwattestrauch und dem Limonadenbrunnen?“

Kaum hatten die Geschwister das ausgesprochen, verwandelte sich die Totenhalle in ein wunderschönes, prächtiges Schlosszimmer mit glänzenden Kerzenleuchtern. Vor Max stand plötzlich ein Brunnen, aus dem leckere Orangenlimonade sprudelte.

Max und Marie staunten. Sofort schlürfte Max am Brunnen.

Neben Marie wuchs ein Schokoladenstrauch mit Marzipanbananen in die Höhe. Genauso wie damals, als sie sich im Elfenversteck befunden hatten. Von draußen hörten Marie und Max Jubelrufe. Marie sah aus dem Fenster.

Der Zauberer zeigte auf den goldenen Balkon. „Der Applaus gilt den auserwählten Kindern. Euch beiden!"

Langsam betraten Marie und Max den mit bunten Blumen verzierten Balkon. Marie sah an sich hinunter. Ihr Prinzessinnenkleid, das sie für Omas Hochzeit angezogen hatte, war wie neu! Es sah noch schöner und strahlender aus und war sogar mit silbernen Perlen bestickt. Eine glänzende Krone mit leuchtenden Edelsteinen schmückte Maries Kopf.

Max trug einen samtroten Umhang und darunter den Anzug, den er von Herrn Meister geschenkt bekommen hatte. Der Anzug war nicht mehr zerrissen und schmutzig. Er glänzte wie neu. An seiner Seite hing ein goldenes Schwert. Max sah wie ein stolzer Ritter raus.

Fassungslos starrten Marie und Max in das Reich der Elfen. So einen traumhaft schönen Ort hatten sie nirgendwo zuvor gesehen. Alle Wesen und Elfen des gesamten Reiches waren versammelt und jubelten den beiden Kindern zu. In der Luft klapperte ein Storch. Sand rieselte aus seinem Gefieder. „Danke, Freunde!", rief er.

Die Bäume und Pflanzen erstrahlten in herrlichen Farben. Klare Bäche und Flüsse rauschten von den Bergen herab. Darin tummelten sich schillernde Fische. An den Bäumen und Sträuchern wuchsen Früchte und Süßig-

keiten in allen Farben. Auch die schwarze Sonne war verschwunden. Helles, goldenes Licht hüllte das Reich der Elfen ein.

Mo schwirrte um Marie und Max herum. „Na, habe ich zu viel versprochen?“

„Ich glaub, ich bleibe hier, Marie!“, sagte Max.

Marie winkte den Wesen des Elfenreiches zu. Freude erfüllte ihr Herz. Aber Marie hatte dennoch Sehnsucht nach ihrer Oma zu Hause. Wie mag es ihr wohl gehen? Max und Marie waren von einer Minute zur anderen von der Hochzeit verschwunden. „Oma ist bestimmt traurig!“, sagte Marie zu ihrem Bruder.

„Was?“, fragte Max. Er war viel zu sehr damit beschäftigt, die Jubelrufe zu genießen und sich ein paar Marzipanbananen zu pflücken.

„Ich will zu Oma“, sagte Marie. „Sie macht sich bestimmt Sorgen!“

„Mann, Marie!“, maulte Max. „Jetzt lass uns erst mal den Sieg feiern. Das hat doch Zeit bis morgen.“

Eine Hand berührte Max’ Schulter. Sie ließ Wärme und ein wohliges Kribbeln durch Max’ Körper fließen. „Deine Schwester hat Recht“, erwiderte Kro. „Noch heute werdet ihr nach Hause zurückkehren. Ihr könnt jederzeit zu mir kommen, wenn ihr wollt. Das Tor zwischen den Welten ist immer für euch geöffnet.“

Marie drehte sich zu ihren Eltern. „Und ihr kommt mit uns! Das wird die schönste Hochzeitsüberraschung der Welt!“

„Aber was ist mit dir, Opa?“, wollte Max wissen. „Ich glaube, die Kämpfe mit dir werden mir fehlen. Du warst ein klasse Gegner! So richtig schön gemein. Wie das Endmonster in meinem Computerspiel im siebten Level!“

Marie dachte an ihren Nachbarn, den Oma ja tatsächlich heute – oder war es gestern? – heiraten wollte. „Und was ist mit Herrn Meister?“, fragte sie.

Kro nahm Marie und Max in die Arme „Herr Meister ist ein entzückender alter Herr und genau der Richtige für eure Oma im Menschenreich. Ich habe seinen Körper schon längst verlassen, und jetzt ist er wieder ein ganz gewöhnlicher Sterblicher. Er kann nicht mehr zaubern, aber dafür ist er ganz er selbst. Und ich werde mich gleich um meine Frau Sina kümmern. Hoffentlich verzeiht sie mir, was ich ihr angetan habe. Erst habe ich sie in eine Krake verwandelt und dann in einen Wurm. Was war ich doch für ein furchtbarer Zauberer. Aber ihr beiden habt mir geholfen, mich von den bösen Mächten zu befreien.“

Ralf Klaphecke war noch etwas verwirrt. Er war ein Sterblicher und hatte bis vor kurzem nicht viel über das Elfenreich gewusst. Eine Weile hielt er es für eine Spinnerei seiner Frau. „Was?“, fragte er. „Meine Mutter heiratet heute?“

„Ja!“, jubelte Max. „Lasst uns gehen! Sonst verpassen wir noch die Hochzeit.“

Jana beruhigte ihren Sohn. „Keine Angst. Sobald ihr

euch im Reich der Elfen befindet, bleibt die Zeit im Menschenreich stehen."

„Stimmt!", rief Max. Jetzt erinnerte er sich daran, wie es war, als Marie und er zum ersten Mal aus dem Reich der Elfen zurückgekehrt waren. Im Menschenreich war damals keine Sekunde vergangen.

Maries Augen strahlten. „Dann können wir das Elfenreich ja immer besuchen, so oft und so viel wir wollen!"

Wiedersehen im Menschenreich

Der Dachboden war immer noch genauso staubig wie zu dem Zeitpunkt, an dem sie ihn verlassen hatten. Kein Wunder, es war ja auch keine einzige Sekunde vergangen.

Jana Klaphecke sah sich um. Sie entdeckte einen alten Spiegel. „Meine Güte!", sagte sie leise. „Den gibt es noch!" Dann wischte sie den Staub vom Spiegel und sah hinein.

Hinter ihr stand ihr Mann. „Du bist immer noch genauso schön wie damals, als ich mich in dich verliebt habe."

Jana drehte sich um und wollte ihn küssen.

Doch Ralf zuckte zurück.

„Was ist mit dir?", fragte sie.

„Na ja", grinste Ralf. „Meinst du nicht, dass ich vielleicht Mundgeruch habe? Wir waren schließlich ein paar Jahre im Eisblock eingefroren."

„Genau drei Jahre, zweiundvierzig Tage und elf Minuten!", prahlte Max.

Jetzt wusste Marie, von wem ihr Bruder diese witzige

Art, Sprüche zu klopfen, hatte. Er war ein bisschen wie sein Vater.

Dann hörte Marie von unten eine vertraute Stimme. Das war Oma!

„Marie! Max! Wo seid ihr denn?“

„Tut mir Leid, Elisabeth!“, erwiderte Herr Meister. „Auf dem Dachboden sind sie nicht.“

Jana und Ralf hielten es nicht länger aus. Sie waren furchtbar nervös. Ihre Herzen klopften, und sie freuten sich riesig auf Oma Klaphecke. Nur, wie würde sie reagieren? Sie glaubte ja, dass Jana und Ralf ums Leben gekommen waren. Aber es half nichts, sie mussten nach unten gehen.

Marie nahm ihre Eltern an die Hand und zog sie vom Dachboden. „Oma! Hier sind wir! Wir haben eine Überraschung für dich.“

„Na, endlich! Ihr bringt mich ja ganz durcheinander“, entgegnete Oma Klaphecke.

„Wetten, die fällt in Ohnmacht?“, warnte Max.

Und genauso war es auch. Als Frau Klaphecke ihren Sohn Ralf und ihre Schwiegertochter Jana erblickte, konnte sie sich nicht mehr auf den Beinen halten. Sofort sprang Herr Meister zu ihr und fing im letzten Moment seine Braut auf. Ralf legte seiner Mutter ein nasses Tuch auf die Stirn. Jana hielt ihre Hand.

Langsam kam Elisabeth Klaphecke zu sich. „Ralf? Jana?“, stammelte Oma. „Aber das ... das ist doch nicht möglich!“

„Ich habe es dir doch gleich gesagt, Oma“, freute sich Marie. „Wenn du wieder bei Kräften bist, werde ich dir alles genau erzählen. Und dann wirst du mir endlich glauben.“

Alle hielten sich eine Weile stumm an den Händen und sahen sich an. Auch Herr Meister war von diesem unerwarteten Wiedersehen ergriffen, und Max zwinkerte ihm versöhnlich zu.

Wenige Stunden später führte Herr Meister Elisabeth Klaphecke zum Traualtar. Merkwürdig viele Libellen schwirrten plötzlich in der Kirche umher. Einige Hochzeitsgäste behaupteten später, die Libellen hätten Rosen und Goldstaub auf das Paar gestreut.

Beim Hochzeitsessen saß die kleine Elfe Mo auf Maries linker Schulter. „Was ist mit dem Elfenbuch?“, fragte sie.

Marie starrte Mo an. Das Buch! Das hatte sie ja ganz vergessen. Natürlich! Ob denn die Geschichte jetzt zu Ende geschrieben war? Marie rannte in ihr Zimmer und holte es. Sie schlug das Buch auf und zeigte es ihrer Oma. „Sieh mal! Darin steht die ganze Geschichte geschrieben!“

Frau Klaphecke blätterte in dem alten Buch. „Das hast du aber schön gemacht!“, lächelte sie. „Und so wundervolle Bilder hast du gemalt! Sogar unsere Hochzeit. Wann hast du das denn geschafft, Liebes?“

Maries Oma schlug die letzte Seite auf. Dort stand geschrieben:

Als alle Gäste den leckeren Rehbraten mit Rotkohl und Klößen genossen, blätterte Oma Klaphecke im alten Elfenbuch. Max saß neben Herrn Meister und seiner Mama. Marie machte es sich zwischen ihrem Vater und ihrer Oma gemütlich.

Oma legte das Buch kurz weg und sah sich verblüfft um. Alles stimmte genau! Das, was Frau Klaphecke gerade las, passierte um sie herum.

Marie grinste triumphierend.

Gespannt las Frau Klaphecke weiter:

Max und Herr Meister trugen die gleichen Anzüge. Max hatte die erste Portion Rehbraten schon verschlungen, während die anderen noch aßen.
„Herr Meister", fragte Max „kann ich noch Klöße und mehr von der leckeren Soße haben?"

Herr Meister klopfte Max freundschaftlich auf die Schulter. „Aber klar, mein Junge! Du kannst übrigens gerne Kurt zu mir sagen!"
Herr Meister beugte sich vor, um Max das Essen zu reichen. Er hob die Schüssel mit den Klößen und der Soße hoch. Dann traute er seinen Augen nicht! Vor seiner Nase flog eine kleine Elfe zum Fenster hinaus. Sie winkte Max und Marie zu. „Tschüss, ihr zwei! Ich freue mich, euch bald im Elfenreich zu sehen. Es gibt noch viel zu entdecken!"
Herr Meister achtete nicht mehr auf die Schüssel in seiner Hand. Er goss die köstliche Soße über Max' Anzug. Max stand sofort auf. Zum Glück war die Soße nicht mehr heiß. Herr Meister sah sich um. Ihm war es unheimlich peinlich.
Doch Max winkte ab und beruhigte ihn. „Kein Problem, Kurt! Aber jetzt zaubere das Zeug besser einfach wieder weg! Das hast du heute Morgen schon einmal getan. Das sind für dich doch kleine Fische, was?"
„Du bist vielleicht ein Witzbold, Max!", sagte Herr Meister. „Ich und zaubern? Ich glaube, das erledigt besser die Waschmaschine!"

Oma war zum zweiten Mal an diesem Tag der Ohnmacht nah. Doch sie lächelte Jana und Ralf an. Endlich waren alle wieder glücklich vereint! Und sie wusste, dass ihre Enkel etwas ganz Besonderes waren!

Klaus-Peter Wolf/Bettina Göschl

Das magische Abenteuer

Die erste Begegnung (Band 1)

Der Zauberer Kro lockt Marie und Max in sein Reich.

Elfenzauber in Gefahr (Band 2)

Kro hat die Elfe Mo in eine Porzellanfigur verwandelt.

Das unheimliche Piratenschiff (Band 3)

Der Zauberer erscheint in Gestalt eines Piratenkapitäns.

Das Schloss des Zauberers (Band 4)

Werden Marie und Max im Eisschloss des Zauberers ihre Eltern wiedersehen?

Jeder Band hat 96 Seiten, ab 8

Schneider Buch EGMONT

Das Reich der Elfen
Piratenhafen
Höhle
das Eisschloss